花戦さ

はないくさ

鬼塚忠

Tadashi Onitsuka

目次

導讀

一般財團法人池坊華道會・事業部部長　德持拓也

我學習池坊花道已有二十五年了。

在四季分明的日本，植物自然而然地告訴我們季節的更迭，例如：春天的櫻花、夏天的蓮花、秋天的紅葉還有冬天的水仙。我們在欣賞季節花草的同時，也照著自己的步伐邁在花之道上。花之道也就是花道（華道），在此道上，我們向不會虛偽欺騙的花草學習，與花一同度過人生。我們池坊的先人們在五百多年前思考研創出了究極的花形「立花」，而我亦是為此花深深吸引的人之一。立花是不可思議的，為何它能發展成這般獨一無二的姿形呢？其獨特又美麗的形態與哲學是說不完道不盡的。

花與花器的水面相接之處稱為「**水際**」。立花最大的特徵是一條肉眼無法看到的中心線，此線名為「**正中線**」，由水際向天際筆直高伸，決不會傾倒歪斜。從這條肉眼無法看到的正中線，朝著前後左右以規定的高度與角度伸出的主要枝條稱為「**七九道具**」，各自扮演著重要的作用。有一句關於立花的話：「右長左短，古今遠近」，這句話意指「右邊的枝條若長，左邊的枝條則須短」、「舊與新」、「遠景與近景」，說明了立花的構造以及注重協調不同要素的思考方式。其中，特別是「古今」二字的意義並不單純只有新舊，還包含了從花苞、滿開的花到枯朽的葉片等生命的推移與時間經過的表現。立花不是個造形的物體，立花內含著一種神性，讓人感察出掌管世間森羅萬象的神之存在。小說的主角三十一世池坊專好即是欲集此立花於大成、活躍於大時代的花之名手。

花道發祥之地，亦是池坊根據地的六角堂（紫雲山頂法寺）由聖德太子建於西元五八七年。和佛教一同傳進日本的「佛前供花」，藉由六角堂的僧侶之手發展得更臻極致。

佛教傳來以前，日本人相信松樹與檜木等常綠樹棲宿著神靈。曾為農耕民族的日本人懷抱著敬畏自然之心與自然共生。祭禮中神靈憑依的常綠樹與供佛的「佛前供花」融合，誕生了呈奉神佛的「**立て花**（Tatehana）」。其後，隨著室町時代建築樣式的改變，開始出現了擺飾掛軸與中國舶來品的空間「床之間」（日式傳統房間中的「壁龕」）之原型，而「佛前供花」更以客廳裝飾之姿被擺飾在房中，招待賓客的「立て花（Tatehana）」則逐漸發展昇華成為「**立花**」。

觀察當時作品的繪圖，許多作品皆使用松木。寒冬中也長保青翠的松被稱為「常盤之松」，直至今天，也被插作立花者視為憧憬的花材，雖經過五百五十多年，依然魅力不減。

過去京都的許多寺院皆因都市開發而被迫搬遷，六角堂雖位於京都的中心但卻沒有轉移他地，一直都位於當初建立的場所。而六角堂也扮演著「町堂」的角色，人們若一有事需要聚會討論，便會到六角堂來。另外，六角堂在飢荒災害時也會於門前賑災，留下了許多拯救百姓的記錄。池坊代代擔任六角堂的住持。由於自古便是聚集人們信仰與愛護的寺院，所以每當想像六角堂透過佛前之花與百姓交流，則不禁令人會心一笑。

戰國時代的京都不單戰亂亦疾病橫行，許多百姓為此失去性命。人的生死無常，所以當時的人們向神佛尋求救贖，而耐過雨露風雪拼命生長的植物，其生命力與無垢的美也帶給人們慰藉以及對明日的希望。六角堂能夠自由自在地運用這樣帶給人欣慰的花木，並插立出精彩的立花，所以可以理解小說中描述的十一屋吉右衛門與京都的百姓，為何深深被六角堂如意輪觀音的供花「立花」所吸引並從中獲得勇氣。

繼承初代池坊專好的二代池坊專好集立花於大成。之後池坊也誕生出許多花之名手，持續創作符合各個時代需要的花。為什麼池坊的花經常變化呢？因為池坊認為插花需與人們的生活同在。在立花集大成後的二百年間，產生了就算在狹窄的「床之間」也要擺飾高雅品格之花的需求，因而誕生了極致簡樸深奧的花形「**生花**」。從西元一八〇〇年代後期開始，日本漸漸引進西洋的生活文化，插花的擺飾場所也不拘限於「床之間」，出現了沒有固定規型的「**自由花**」。當代四十五世池坊專永家元便提到：「花必須要讓其時代之人深有所感」。

池坊之名初次出現在歷史文獻上至今已過了五百五十年以上，直至今日，對學習花道（華道）的我們來說，最重要的書籍仍是西元一五〇〇年代後期二十八世池坊專應家元所述之《**專應口傳**》。

「**插花並不僅是插著綻放的美麗花草來欣賞而已，還需要將花草於野山水邊生長的自然之姿呈現於花器之上，並讓觀者感受到花草的『生命背景』。**」

這就是始終不變的池坊哲學。不僅滿開的花為美，枯花破葉也有相同的生命，只要有著「活著的生命」即是美好。

今天六角堂中也供著花，而我也插了花。

您插花了嗎？

立花 ｜一般財團法人池坊華道會 提供

一

老天爺就是不放晴。

厚厚的雲層籠罩天空好幾天了，這個春天都不見雲開的一日，山裡的櫻花也無情地早早凋謝，叫一直焦急等待春天的人們大失所望。

無盡的戰亂之世，期待落空的春天，讓人舒心的季節到底在哪兒？在天空和人心都無比陰鬱之時，時節就這樣突然進入梅雨季，一天天的心情更是盪到谷底。

時值天正十年（一五八二年）五月。得勢的織田信長破竹般將取得天下。

前年，信長動員所有織田家的有力家臣，在上京皇宮大內東邊進行了「京都馬匹行進閱兵」。很顯然這是為了凸顯勢力的行動，象徵著信長「天下布武」的氣焰，而勇猛俊逸的閱兵隊伍獲得了京都百姓的佳評。閱兵之際，當時的天皇正親町帝也受邀請，所以這場閱兵在天皇、貴族以至民間百姓的心中都深深地烙印下了信長逐漸獲取天下的事實。

這時，羽柴秀吉奉織田信長令攻取備中高松城，平定中國地區。守城的是毛利軍的清水宗治。相對於秀吉的三萬大軍，清水軍只有三千人。雖然秀吉軍以壓倒性的兵力包圍，但位處濕原環境的高松城是當時難得的沼城，軍隊不易攻入。善戰的宗治不出城外濕原一步，堅守城壘對抗已持續一個月了。

這天一早雲層籠罩天空，一點風都沒有。

「真是棘手的難城啊。」

秀吉喃喃自語。

離備中高松城一公里遠的高台上，搭建了一座三十尺高的竹櫓樓，秀吉就站在這樓頂，眺望眼下的高松城和四周。

此時，備中高松城就像一座浮在湖中的小島一樣。

秀吉厭煩了久戰而選擇水攻，在城周圍築起了前所未見的大堤，並將水灌進堤內。機智的秀吉知道如何巧妙地操控人心，他給當地的士卒與農民高額的報酬，僅僅十二天就搶建出南北一里、高二十六尺的大長堤。

因時值梅雨，連日的降雨，使高松城漸漸淹沒在水中。清水宗治在斷糧又沒有援軍的情形下，只有繼續被圍困城中。

身為攻取中國地區總將的秀吉，竟脫去甲冑換上拖鞋，心神不定地搧著繪有家紋的深藍扇子，靠在櫓樓的桌子上，托著下巴，呆瞪著毫無變化的戰況。

「真是，戰況和天氣都不明朗，受不了呀。」

秀吉的手指不耐煩地敲著桌子。

到了下午，黑雲蔽空，突然下起了微溫的雨，也吹起了一些風。兵士們為了不讓槍枝大砲淋濕，慌忙動了起來。對著屢攻不破的城壘，秀吉的憤恨達到了最高點。

「宗治這可惡的傢伙。」

秀吉邊怒號邊對著前線士兵大喊：

「都在幹些什麼！」

家臣們雖欲取悅大將，但除了報告沒有進展的戰況之外也無計可施。

其實秀吉這樣的態度都是在演戲。

發怒後，秀吉隨轉過頭來吩咐侍從：

「拿紙筆過來。」

便坐下開始寫信向信長討援軍。

這個男人是個老狐狸。

到目前為止秀吉連戰連勝，這次要贏也幾乎是手到擒來。但現在如果照樣毫無阻礙地都打勝仗，那就沒有意思了。

故意向信長討救兵，目的是將這次勝利的原因歸功於信長，這樣信長的心情也會大好。秀吉十分擅長搔到人的癢處。

信長也中意這樣的秀吉，對他來說，秀吉對自己沒有威脅之心，富機略又善於理解，並且在率直表達感情與拿捏分寸上擁有卓越的平衡感。

數日之後，信長的回信送到了，秀吉興奮地馬上展開了書信，信上寫著「將送援軍」。而信長向中國地區送來的援軍正是重臣明智光秀。

「哦，是明智大人哪……」

秀吉摸著自己寒酸的鬍子說道。

明智光秀跟著信長東征西討，終於獲得信長賜與京都玄關處近江丹波的領地。這是受信長信賴的證明。而明智光秀也人品機靈大氣，深受周圍人們的稱讚。

但是，光秀十分厭惡常常被拿來和秀吉做比較。自己好歹也是武家出身，自幼培養起的深厚教養是秀吉遠遠不及的。光秀容姿端麗，對文化藝術的造詣也深，但他因為教養好而過度自信的態度，反而招致信長的反感。信長不太喜歡光秀太過優雅的舉止。

「信長大人為什麼厭惡我，反而中意毫無學識又醜陋的秀吉！」

光秀好幾次向親信埋怨，透露出他累積已久的不平。

對於秀吉尋求援兵的要求，信長卻派出了光秀。

光秀從五月十五日起就在安土城，當時城中正設宴款待征戰長年宿敵武田氏有功的德川家康，而光秀就負責宴中的接待。但是到了十七日，他突然被解除了招待之職，編入秀吉的旗下，接令出陣。

光秀憤然握拳。

「為什麼我會變成那隻猴子的屬下！」

光秀像決堤一樣開始暴走。他在織田軍中與其說是以武力決定勝負的武鬥派，倒不如說是屬於穩健的智將派，所以很多時候都對信長嚴厲的指揮產生困惑。應該與信長朝著天下布武之夢前進的光秀，卻因為日積月累的不滿，以意想不到的形態爆發出來。

「豈能吞忍下這樣的屈辱。」

萬萬沒想到，秀吉設下的計略反而事與願違。

六月一日傍晚，從丹波龜山城出發的光秀，率領一萬三千的軍隊，朝著與備中反方向的京都前進。

「敵人在本能寺！」

軍勢經過丹波的山嶺到達桂川，一口氣湧進了京都。

信長因為準備征討中國地區，從五月二十九日起就僅帶領著百名士兵逗留在京都本能寺。六月一日這天招集貴族與豪商，舉行了盛大的茶會，並展示許多名品與茶器。酒宴後就寢之時已是深夜了。

當天空開始泛白，信長在馬嘶哄然的氣氛中醒來時，本能寺已被明智軍團團圍困，寡不敵眾之下，他放火燒毀本能寺並在寺房中自殺。

明智光秀這場前所未聞的謀反劇打碎了信長天下布武之夢。

隔天六月三日半夜探子回報秀吉。一男子趁著雨霧的暗夜，試圖躲過秀吉軍的包圍網，朝高松城潛近，但被秀吉軍的士兵發現，捉了起來。

此男是明智光秀向清水宗治派出的密使。他身懷的書信被秀吉的心腹石田三成帶到了秀吉跟前。

被叫醒的秀吉敞著衣服，揉著睡眼，很不高興地說：

「究竟何事，三成。枉費我做了個好夢，可能是什麼好兆頭。何事來報？」

「大人……，我們捉到了一個要潛入城裡的人，他身上帶著這個。」

「什麼，是封信。寫著什麼，唸來聽聽。」

秀吉挖著耳朵，催促三成讀信。但是三成卻支支吾吾道：

「不過，這……這是，有些……」

「啊啊，知道了知道了，快拿來我看。」

秀吉邊轉著脖子邊伸出手來。三成見狀快速將書信遞上。

秀吉慢慢讀起信來。

從昨晚開始下起的大雨更激烈地敲打著屋瓦。秀吉喃喃說了什麼，因為雨聲所以三成聽不清楚。

只見秀吉兩手捧著書信，從左往右攤開，讀著讀著臉色大變，肩頭微微顫動，面色沉痛，讀過一回雙膝下跪，就這姿勢再讀了一回，其間嘴邊不知唸著什麼，三成也聽不清。三成向後退出了房間，靜靜闔上了拉門。

「啊哇哇哇……怎麼……信長大人……怎麼……」

秀吉連話都說不清，走到房間中央，停住腳步，盯著天花板，兩眼流下大顆的淚珠。

「怎麼會這樣……信長大人……」

秀吉雙膝一跪，仰向往後一倒。雨下得更大了。秀吉就這樣哭到了天明。

信長大人就要取得天下，在結束征討中國地區，太平之世來臨後，自己要致力經商，在商人之城的堺市做生意，支持幫助信長大人。這些想法不知怎地掠過秀吉的腦海。

自從被叫做「猴子」的那天起，自己無時不在激烈的戰爭中賭命，但是信長大人已經不在了。秀吉一想到這裡，又淚流滿面。

他慢慢回想，試著整理眼前的情況。

這封信是傳達明智光秀在京都本能寺謀逆了信長的密信。若這封信送到了清水宗治的手裡，清水軍一定會重新燃起希望。而且信中還提到拉攏以清水宗治為首、現在與秀吉敵對的毛利軍到光秀陣營之事。

這一定是清水宗治的欺騙陰謀，但是信上光秀的花押卻好像是真的。

雨還不斷下著，東邊的天空卻慢慢亮起，已是黎明時分了。秀吉的房間已聽不到啜泣聲。

因為秀吉的樣子不平常，細心的三成害怕萬一他有了什麼不好的念頭，所以整晚都等在房外。

準備膳食的侍從端來了早膳，三成擔心秀吉的情況，所以代替侍從送上早膳。

「大人，早膳準備好了。我能否進去呢？大人……」

沒有回答。三成覺得奇怪便索性拉開了門。

秀吉無力地蹲在房間一角。

（大人……）

打從心底敬愛的信長大人已死，當然會失去冷靜。三成這麼想著便將早膳放下正要退出房間時，

「三成～」

秀吉發出細到好像要消失不見的聲音。三成轉頭走到秀吉面前跪了下來。

「是，三成在此。」

「三成，馬上傳黑田官兵衛。」

「遵命。」

「和議。」

「是，您說什麼？」

「我們要和議。」

這時秀吉的眼中已恢復了生氣。三成知道他正壓抑著可怕的憤怒，並已在心中下了一個決定。秀吉眼底含著一股讓人預感火山即將爆發的驚人力量。

這天夜裡，黑田官兵衛和石田三成連同清水宗治的使者議定了條件，和議成立。為了救備中高松城內所有兵士的性命，城主清水宗治須依約切腹自盡。

隔天一早就下起了小雨。拜此長雨之賜，水攻奏效，但是秀吉卻一直苦著臉仰頭望天。

這天秀吉身穿朱色的甲冑，站在為了水攻而築的櫓樓上。來到最前線再次感到水攻的可怕。想到兵士們在水上孤島的高松城中是何等不安，雖身為敵軍也不禁起了同情之心。

到了約定時間的正午前，從高松城划出了一艘船。清水宗治穿著白衣端坐船頭。長期殘酷的水攻中，這位絕不屈降、勇猛奮戰的鬪將，此時他的表情看起來如釋重負。

「雖是敵人但令人欽佩，是位忠義之士。」

秀吉在自己陣營中大聲稱讚宗治。

正午，宗治在船上自盡了。他的切腹救了三千多名兵士的性命，其死是極有價值的。

如此，兩個月多的攻城戰到此結束。秀吉的家臣們都浮現安心的表情高聲歡呼，人聲嘈雜了起來。

但此時秀吉間不容髮地叫道：

「馬上返京，報信長大人的仇。要比誰都先打倒明智光秀！」

還不知道信長之死的許多士兵聞言一片啞然，慌慌忙忙準備出發。

不停的雨勢中，軍隊將幅員狹小的道路擠得水泄不通，以猛烈的速度前進。前面的馬濺起淤泥，淋了秀吉一身。想起了遇到信長被叫做「猴子」，為實現信長的希望搏力奮戰的每一天，秀吉的眼淚忍不住落了下來。

「明智光秀，饒不了你！」

一口氣像疾風般奔馳在前往京都的道路上。

清水宗治切腹後僅僅過了九天，秀吉和光秀就對峙在攝津國與山城國中間的山崎天王山。秀吉軍有「為主君報仇」的大義名分，世間也都不原諒光秀的謀反。光秀所依賴的細川藤孝保持中立，而筒井順慶與高山右近則倒向秀吉的陣營。結果，秀吉兵力高達四萬，形勢大大傾向秀吉一方。

從備中一口氣快馬加鞭返回京都，秀吉回營後異常冷靜，將時時傳進的周邊狀況、敵情與友方軍隊的動向都靜靜記到腦中。

「聽好了，這場戰是為了追悼死去的信長大人的戰役。說什麼都要打倒明智光秀。」

「喔喔！」兵士們高喊回應。

「信長大人！請您，請您給予我們力量。」

秀吉的吶喊迴盪在戰場上。

秀吉在天王山中麓寶積寺紮營，而光秀則設營於御坊塚，互相對峙到天明。

六月十三日，從早上就下起了雨。天王山雲霧籠罩、視線不清。

山間鋪天蓋地般的軍隊左右蠢動，持續著一進一退的攻防。

「這隻猴子得意忘形。你們這些人都在做什麼！不過是老百姓組成的軍隊，還不快給我打！」

明智光秀焦急了。在中國地區打仗的秀吉居然長途跋涉，帶兵出現在自己眼前，傾刻間就實實地打了上來。

傍晚，光秀陣營終於敗下陣來。秀吉軍偷偷渡過兩軍中間的圓明寺川，奇襲光秀軍。之後，光秀軍一下就亂了陣腳，混亂中節節敗退。

「啊啊，可恨的猴子！撤退，先撤退！」

明智光秀朝琵琶湖西南自己的居城坂本城敗走。

傳令兵到了秀吉紮營的寶積寺。

「報！明智光秀敗逃，正在追擊。」

「大人，我方勝券在握。」

一旁的石田三成平日雖有著超越其年紀的沉著，但今天卻稀罕地高聲說道。

「不，還沒。沒有見到光秀的頭就不是勝仗。蠢笨的傢伙！」

秀吉站了起來，跺著腳說：

「聽好了，無論如何都要殺了光秀，跟著光秀的人也一個不饒！」

「是！」

三成慌忙奔出，在雨中追擊。

二

信長死後過了一個月，天正十年（一五八二年）七月。

從春天以來的惡劣天氣不可思議地放晴，不饒人的陽光直射著京都。京都盆地四周都是山，夏天悶熱地讓人無法忍受。刺進肌膚的太陽正式告知了夏天的來臨。

從應仁之亂起，京都接連被捲進武將的爭奪，城市的荒廢不斷擴大，到處都是燒毀的殘跡，失去家園的人聚在河畔生活，眼前一片荒蕪，在這樣的情況下，人們怎麼會知道上個月發生了決定天下的大戰。

百姓們的生活雖傷痕累累也要繼續下去，他們沒有失去對明天的活力。其中，成為京都復興原動力的是一群被叫做「町眾」的商人。

十一屋吉右衛門在下京三條室町經營雜貨店，是那一帶商人的頭領和街上的代表，深受民眾信賴。他有情義又溫和，但因太過耿直也常常和衙門起衝突，卻絕不為了一己私利。他常說自己只是看不慣沒有道理的事。

「管他個衙門武家，我們背後有六角大人呢。」

吉右衛門一直都是這樣連珠帶砲般爽快。

世間正值戰國。室町幕府消滅，在京都生活的人任誰都感到世上越發混沌，不論是武家還是朝廷，都沒有辦法依靠。

百姓們將對明天的希望都寄託在其中的一間寺院。這寺院就是從天皇居住的皇宮往正南走一公里的「六角堂」。

此寺正式的名稱為「紫雲山 頂法寺」，京都百姓都充滿感情地稱其為「六角大人」。寺院位於京都的中心點，也被叫做「京都的肚臍」。

六角堂也是東西走向的六角小路名稱的由來，而六角堂的山門就正對著此路。穿過山門，鮮綠的柳枝與龍柏映入眼簾。再往裡去就是六角形的本堂，人來人往十分熱鬧。寺中有池塘，池中開著睡蓮，池塘四周的花菖蒲正等待著綻放。寺院雖位於熱鬧的下京一帶，但卻隔絕塵囂。

相傳聖德太子為尋求四天王寺的建材來到山城國，正好見一池可沐浴，便將攜帶的佛像取下放在一旁，浴後要拿起佛像時卻發現，佛像無法移動，當天夜裡太子夢見指示把佛像供奉於此的靈夢，因而建立了六角堂。本堂正如其名呈六角形，祀奉著本尊如意輪觀世音菩薩。因為聖德太子與觀音信仰，許多商人、農民、武士、貴族都前來身為祈願寺的六角堂參拜。六角堂也是西國三十三所觀音巡禮靈場的第十八間寺院，每天香客絡繹不絕。過去信仰聖德太子的親鸞聖人也在前往六角堂參拜的百日之後，開創了後來的淨土真宗，為人所知。

吉右衛門每天都到六角堂，向觀音祈禱家中平安與生意興隆。

關於六角堂有一些傳說。

其中之一是桓武天皇在興建平安京時，計畫築一條東西向的道路，卻被六角堂所阻，天皇為此十分困擾，但一夜之間，本堂竟移動使道路如期完成。另一則是正在尋求皇后的嵯峨天皇，夢到顯靈相告至六角堂柳下，翌日早晨果真在六角堂柳下覓得一絕世佳人迎為皇后。這些都是好八卦的京都民眾喜歡的傳說。但是只有傳說並不足以讓六角堂受人歡迎。

吉右衛門說道：

「六角大人寺裡一直都供著漂亮的花，這樣的花在其它寺院是看不到的。」

這麼認為的不只有吉右衛門而已。身居政治文化中心的京都人，從當時起就有極高的美意識，對美麗稀有的東西都十分有興趣，這些話題從大人到小孩流傳甚廣。

「六角大人的花到底是怎樣插出來的呀？」

初次造訪六角堂的人在吃驚於供花的優雅莊嚴之外，一時對花的構造也會意不過來。

其實深深吸引吉右衛門和其他京都百姓的，是六角堂本堂供奉的「花」。

在七月將要結束的一天，寺中蟬鳴震耳，一早起夏日的陽光就十分刺目。

一位僧侶走出了池旁的僧坊。他剃了頭的前額寬闊，垂目的臉上表情和氣，給人一股與當時尚武的僧兵相反的平穩氣息。

僧侶兩手提著放有數種草木的木桶。

他出玄關走了兩三步停下來，將木桶放在腳邊，兩手高舉大大地伸了個懶腰，左右咯吱咯吱地轉動著脖子，並深深吸了一口氣。

蟬鳴聲更大了，僧侶端正衣襟直視前方，再次深吸了一口氣。

「好了，今天也要開始了。」

僧侶照例參拜了寺中各處，從裏堂進入了本堂。

本堂中就算在夏日白天也十分昏暗，殘留著涼意。僧侶將水桶放在裏堂，正了衣袍，在本堂中進行了今天的早課。誦經聲彷彿與蟬鳴聲相應，飽滿抑揚地響徹本堂。

六角堂山門旁種了大柳樹與龍柏，此外也有松樹、銀杏、紅葉與櫻花等，寺中到處都有美麗的花朵向陽綻放，風一吹，花草也跟著搖曳。

誦經結束後，僧侶開始插起了供花。

水桶中浸著代表京都夏季的大葉檜扇，其它還有柾木、柳枝、桔梗、撫子花、著莪等花草。寺中已聚集了許多要觀看僧侶插花的人。僧侶背對大批的民眾，向著本尊插花。而吉右衛門也在觀看的民眾裡。

「好了好了，今天也要開始了哦。今天是檜扇呀，要怎麼插上去呢？」

吉右衛門像平常一樣地煽動觀眾，大聲自言自語著。

（又是吉右衛門，這人真是喜歡看花哪。）

僧侶感受著背後民眾的視線，拿起檜扇凝視，將葉子一片片剪下。他凝視花木的眼神一改先前的柔和，變得嚴肅起來。

兩手拿著莖枝，控制力道慢慢彎矯。檜扇的莖只要力道有錯很容易就會折斷，不利於彎矯。只見僧侶在一點上施以十分的力量但又避開九分之力，斟酌慢彎，剪去一片葉子，最後讓檜扇飄垂在空中，再以雙眼專注地檢視。

就這樣，原本平凡的檜扇竟一變，呈現出富有彈力的生命之姿。從原野中採摘下來的自然檜扇經僧侶施以一手後，開始閃爍出其中潛藏的生命光輝。他認為世上沒有無用的枝葉花草，真正的美其實是隱藏在深處的。

僧侶堅信裁剪枝葉可帶出草木本來的美感。

銅製的花器是寺中自古傳下的，沒有多餘的裝飾十分樸素，因維護良好所以呈現黑褐色，具有深厚的味道。僧侶所喜好的便是這樣沒有無謂裝飾的簡樸器物。花器中塞入拳頭厚度的乾稻草束，並將花莖前端削尖插入固定在稻草束中。如此，花的姿態可以昂然從瓶中立起。僧侶將花與水相接、莖枝從瓶口立起之處稱作「水際」，插花不是單純把花插起的動作，而需要將花的特徵和自然本質表現出來。

僧侶將吹進生命的檜扇立在花器中心，經由人的手被移到花瓶這不一樣的世界後，檜扇凜然而立，彷彿成了一個有著特別生命而無法被取代的人一般。

「很好，立姿真是漂亮。」

之後，僧侶仔細觀察每一枝花木後，再決定將其立於花器，一種又一種手不曾停下。最後，在底部插上兩朵可愛的白色撫子花，一枝是滿開的花，一枝則是花蕾。花蕾給人邁向明天的希望。

僧侶端正坐姿，吸了一口氣，慢慢眺望著完成的花，靜靜放下剪刀，向花行了一禮。

（今天的檜扇真是好，要向平太道聲謝。）

平太是個體格魁梧的大漢，住在六角堂對面，都是他送花給六角堂的，當然今天的檜扇也是平太準備的。

看僧侶要站起，觀看的民眾就嘈雜了起來。因為花是供佛的，所以在本堂外只能越過僧侶的背後觀看。吉右衛門還有觀看的民眾都說，雖因為僧侶擋到看不清，但看到他的呼吸和動作就知道花已經完成。誰都希望可以早些看到花，所以誇張的時候竟還有人叫道：「如果插完了就快點讓我們看看。」「快點讓開呀！」。這時候僧侶也只能默默苦笑了。

「唉呦。」

僧侶好像要吊人胃口般慢慢地站了起來，開始收拾工具。

「抱歉抱歉，讓我看看花吧，我從一早就來了。」

吉右衛門分開人群，終於擠到正面可以最清楚地看到花的位置。

（從正面看花的一瞬間最讓人舒服了。）

這是吉右衛門的堅持。

待站定最好的位置，調整了呼吸。說一早來到六角堂，又直等了兩個鐘頭，就是為了這一瞬間也不為過。等時候到了，吉右衛門抬起頭來看花。

（哦哦，真是凜然的花哪。）

他不禁讚嘆了起來。

一開始只是放在桶裡的植物，在一瓶之上互相協調，竟散發出栩栩的生命感。一枝枝花從瓶中心向左右延伸，給人安定中又有不安定的感覺，力道的配置十分絕妙。各枝映襯，呈現出獨特的空間之美。

「真是太美了。」

吉右衛門沒有和誰講話，一人獨自感受。

花葉從瓶口立昇，水際優美地滙成一枝。上方檜扇的葉片大大向左傾，右邊的柳枝富有彈性地拋出。中央著莪葉穩穩坐鎮，而柾木則緊束起下方。不單是左右，也帶出了前後的空間，整個花就像是球體一般。這樣的佛前供花，在其它寺院是看不到的。

僧侶收拾完向本尊行禮後，將剩下的花放進木桶，出了本堂。一出堂外，附近的小孩們都擁了上來。

「專好伯伯，專好伯伯，今天插了什麼花呢？」

這可愛的聲音是六角堂附近菓子店「鐘月庵」的獨生女阿季，今年要六歲了。對阿季來說，六角堂就像家裡庭院一樣，是最好的遊戲場。

僧侶此刻的表情與插花時截然不同，他溫柔笑著答道：

「是阿季哪，這是檜扇哦。」

他一笑，眼尾就更下垂了。

「嗯～」

阿季漫不經心的回答讓僧侶不禁苦笑起來。

僧侶把木桶放下，從桶中拿起一枝檜扇，在圍住自己的孩子們頭上搧著。

涼爽的風輕拂著孩子們的臉。

「哇，好涼哦～」

阿季笑了起來。

「嗯，是不是像扇子一樣啊。」

僧侶將剩下的檜扇分給孩子們，大家都開始搧了起來。

（這些孩子們都是花蕾哪。）

僧侶邊笑邊看著孩子們的笑臉。

「哪，專好伯伯，怎麼才能很厲害插出好看的花呢？」

「插花一點都不難啊。我只是問檜扇她希望要怎麼插而已喔。不是我厲害，是檜扇本來就漂亮呀。」

孩子們也不知道是否理解，只是嗯地應聲。

「那大家知道為什麼花很漂亮呢？」

僧侶惡作劇般故意丟了問題。孩子們眨著眼歪著頭。

「不是因為漂亮所以漂亮嗎？」

阿季回答說。

僧侶將檜扇慢慢舉起遮天，瞇起眼邊凝視邊說道：

「是因為活著哪。和人一樣，草木也有生命。比起人，草木的生命更是無常，但他們都拼命要活下去，所以美麗呀。人也因為活著所以有共鳴。」

「嗯～，是這樣啊。但是，ㄍㄨㄥˋㄇㄧˊㄥ是什麼呀？」

僧侶大笑。

「是啊是啊，哈哈哈，抱歉抱歉。」

「哈哈哈哈。」

這位僧侶名為池坊專好。

在京中只要問起插花的名人，連小孩都會回答「六角堂的專好」，可知專好的花具有極高的評價。

池坊一家是擔任六角堂住持的家系，代代皆出插花的名人。專好的叔父，擔任六角堂住持的專榮，還有祖父專應，都是時時進宮為天皇插花的名家。一族住在六角堂寺中池塘旁邊的寺坊，所以便被喚作池坊，成了姓氏的由來。代代承襲一「專」字為名，至於這專字有何意思，連專好本人也無從而知。

專好年四十六，雖身為僧人卻曬得黑，臉上潔白的牙齒非常醒目，垂目的眼角上刻著深深的笑紋。到了這個年紀，稍凸的肚腩雖有中年衰退之感，但從袖中看到的臂腕與胸板，可以想像他的身材是細中帶有肌肉的。

專好十分勤奮，能吃能睡。從以前就喜歡吃甜的，但酒量極弱，為了熱絡氣氛，常常喝著喝著，宴席還沒完就在一旁睡了起來。

平時溫和的專好一旦專注起插花來，一股凜然的緊張感，叫人都不太敢隨意搭話。但平常的專好卻沒有身為「插花名門之人」的崇高感。就算穿著袈裟，也沒有僧侶獨特的莊嚴之氣，所以誰都可以和他輕鬆說話，孩子們也常常圍繞身邊。看著專好和阿季與其他孩子們一起笑著，真會讓人懷疑他不是「插花名人」，卻反倒像是純粹無垢的兒童一般。

專好有一妻一子，妻子名叫阿民。

阿民生於六角堂附近販賣金屬器具的家庭，父親是專好叔父專榮的弟子。阿民在六角堂寺中玩著長大，比專好小十五歲，小時候就追著專好的屁股跑，是年紀相差較大的青梅竹馬，對專好來說就像可愛的妹妹一樣。為了繼承插花的家業，長輩們都催促著專好的婚事，但專好本人卻遲遲不動，不是因為討厭女人，而是太過專注於插花以致如此。專好三十六歲時和阿民結為夫妻，四十歲時長男豐重出生。而現在阿民的肚中又有了新生命。

「阿民太好了，真好啊，阿民。」

專好每天邊誇邊摸著阿民的肚子。本來就喜歡小孩的專好，因為期待已久的第二胎即將出生，每天心情都非常好，插的花也比平常更昂然活現，今天插的檜扇也是如此。他的立花吸引著每一個觀看的人。

「今天的花也好極了。」

在觀看的民眾漸漸離開六角堂時，吉右衛門在花前一動也不動。他深深吸了口氣，又慢慢吐了出來。

「啊啊，已經過了十五年了哪。」

吉右衛門用帕子擦去臉頰上的汗，叫得更響的蟬鳴穿進了耳朵深處，他想起了十五年前的夏天。

十五年前的夏天也一樣炎熱。

吉右衛門有一剛滿十歲名喚阿初的獨生女兒。妻子在生下女兒後不久就去世了，父女二人相依為命。

那年夏天，阿初染上了不合時令的流行病，高燒二十天不退，逐漸衰弱下來。阿初生得清秀聰明，一直努力幫著父親，非常喜歡花，常常撒嬌拜託吉右衛門帶她一起去六角堂看花。

臥床後第二十一天清晨，阿初的病情直下，醫生怎麼診療也不見起色。吉右衛門忍著淚，強堆著笑容向阿初說：

「阿初，再加油一點。對了，阿初，妳想要什麼？爹一定會滿足阿初任何心願的。阿初，想要什麼？」

阿初痛苦地呼吸著，小手握著吉右衛門的手。

「爹，我，我想看看花，我想去六角堂看專好伯伯的花。」

吉右衛門淚流下臉頰。

「是啊是啊，阿初，六角堂的花真是好看哪。等爹一下，爹這就去六角堂哦。」

吉右衛門把阿初的手靜靜放回被子裡，奔出玄關。這時已過了晚上八點，他朝著六角堂奔去，到了山門前便猛敲起門來。

「專好大人，池坊專好大人在嗎？我女兒……我女兒……。啊啊，專好大人哪。」

寺院的隨從不得已開了門，吉右衛門也不告知事由，就衝入寺中，跑向專好住的寺坊，咚咚大力敲起了門。

「專好大人，我女兒，專好大人。」

噠噠噠噠，走廊響起了腳步聲，專好穿著睡衣跑了出來。

「怎麼了嗎？」

專好剛剛起來，揉著睡眼問吉右衛門。

「我叫十一屋吉右衛門，經營雜貨店，我女兒……我女兒阿初……」

吉右衛門嚎啕大哭，聽不清楚在說些什麼。

「十一屋先生，您冷靜點。我知道您從以前就常和令嬡一起來參拜，那位活潑的小姐怎麼了嗎？」

專好平靜地安撫著心急的吉右衛門問道。吉右衛門擦著淚，說明了眼下的情況。

聽完話，專好低著頭，緊咬著下唇，身體震顫，眼裡也泛著淚。他下了決心說：

「知道了，十一屋先生。現在我們馬上到阿初小姐身邊吧。」

「啊，什麼，現在嗎？」

吉右衛門吃了一驚。他原想拜託專好將他的花借出一會兒而已。

（真沒想到現在要到家裡。）

因為驚訝和猶豫，吉右衛門腳踏著原地，背後傳來專好的聲音。

「家裡有壁龕嗎？」

「有，有的。」

專好一聽到回答，好的一聲從房間搬出浸著花的木桶與裝著花器的木箱，馬上再回到了門口。這應該是明天本堂要插的花材吧。

「抱歉久等了，十一屋先生，我們快走吧。」

專好將花器的箱子遞給了吉右衛門，請他拿著。丟下發愣的吉右衛門，專好穿著睡衣，提腿便跑。吉右衛門連忙趕了上去。

吉右衛門失聲地看著跑在自己前頭的專好。專好因為急急忙忙出門，鞋子只穿了一隻，但也沒有發覺，拼命跑著。雖已入夜，卻還是悶熱，只見專好的睡衣衣角已被汗涔濕，黏在腳上。

正當吉右衛門覺得這樣一定很難跑的同時，跑在前面的專好將衣角捲起塞進腰帶，睡衣前面敞開繼續奔跑。但這實在好笑的樣子，專好和吉右衛門都無心注意到。

「阿初！再等等啊！」

吉右衛門的叫聲響徹了三條一帶。

吉右衛門和專好奔進玄關進入家中。

「阿初，阿初，六角堂的專好大人，專好大人來了。」

吉右衛門緩了緩氣，在阿初的枕邊說著。恍恍惚惚的阿初聽到吉右衛門的聲音，張開了眼睛。這時她比吉右衛門離開家時更為虛弱了。

「阿初，專好大人現在要插花囉，是為阿初插的哦，阿初妳說是不是太好了。」

吉右衛門眼裡落下了大顆的眼淚。專好兩手輕拍著吉右衛門的肩頭，靜靜在旁邊坐下。因為喘氣肩頭一上一下，前額的汗水像瀑布般滴落。

「因為阿初說想看我的花呀。謝謝妳喲，謝謝妳。」

專好溫和地向阿初說著，邊摸著她的頭。

「我最喜歡您的花了，所以才任性要求。」

阿初邊笑邊吐著舌頭。剛剛痛苦的表情也突然明朗起來。

「好，讓我六角堂的專好來插一瓶花吧。」

說著，專好將眼前的花材攤開，開始準備插花。阿初按不住高興的心情，想撐起自己病重的身體。吉右衛門從後面抱起阿初，讓她坐在自己的膝上。

阿初的身體輕得讓吉右衛門心中淚流不停。

專好以行雲流水般的動作插著花。作品的主花是木槿。

用的是白與紅的花。初夏盛開的木槿，可愛的表情中蘊含著對抗盛夏陽光的力道。專好汗也不擦，一心將新的生命吹進花中。四刻半的時間中，他一言不發，房間裡只響著花剪俐落剪斷莖枝的聲音。阿初張著憧憬的眼睛看著，而吉右衛門用力抱著坐在膝上的孩子。專好沒有言語的背影，好像以插花的姿態，向阿初送出了「活下去」的力量。

剪斷最後一枝，調整全體的姿態後，專好將花剪放下，把花送到了阿初面前。

「阿初，請看。」

「哇，真漂亮，真漂亮哪，爹。」

阿初在膝上轉頭看了吉右衛門。

這花雖比平時六角堂的供花小了一些，但品格十分優雅。

專好擦了汗便端坐在花旁，嘻然一笑。然後他向前將臉湊到阿初眼前，「阿初，這紅花是妳，白花是爹。快點康復，再和爹到六角堂來哦。」

阿初蒼白的臉一下子氣色紅潤起來，她向專好說了「專好伯伯，謝謝您，謝謝您」好幾次。專好也高興地點了頭，看向了吉右衛門。吉右衛門為了不讓阿初知道他在哭，拼命抑制著聲音，因為一出聲就會哭出來，所以連謝謝都說不了，他忍著滿溢的淚水，不斷向專好點頭致謝。

兩天之後，阿初用蟲振翅般微小的聲音說了「花真漂亮啊」，便靜靜地嚥下了最後一口氣。

「阿初，娘一定也在那邊。見到娘要用力向娘撒嬌哦。」

吉右衛門向著阿初的遺體合掌。

「真是一瓶好花，哪，阿初。今天的花也很精彩喔，真想讓妳也看看呢。」

阿初烙印在心中的可愛身影和六角堂的花重疊在一起，好幾次都讓吉右衛門非常難過。

對專好來說，今天在六角堂插的花與十五年前為小姑娘所插的花都是相同的。專好認為時時正視生命，帶出花木生命的最大限度，插出給人「活下去的力量」的花才是他的目標。這想法從以前到現在都沒有任何改變。

為了插出這樣的花，專好不顧一切辛勞。不限貴族、武家，就算是商人、農民，只要有委託他都十分樂意前往插花。這真摯的心情始終如一，現在專好的熱情比起年輕時還要更深一層。

十五年前那個悶熱的夏夜。突然奔進六角堂的吉右衛門，他的眼淚與擔心孩子的心情，瞬間點燃了專好的心。專好原來就是個重感情又容易掉淚的人，不過一旦決意就不會靜待，不顧外表邊幅馬上行動。這是個人命無常，稍縱即逝的時代。身為僧侶與插花之人，專好努力透過自己的花，帶給人們「活下去的力量」。

池坊專好插的花稱為「立花」。其語源來自於「佛前供花」。

「佛前供花」的習慣與佛教同時傳入。一般通常在佛前供上「香爐、蠟燭、花」。在佛教傳入之前，日本人就擁有獨特的自然觀，不想著要支配自然，而是敬畏自然，與自然一同共生。特別日本自古就有「常綠樹棲宿著神明」等憑依信仰的植物觀，也認為自然界有八百萬的神明。

從日本對四季的自然觀與隨著佛教傳入的供花習慣，誕生出日本獨特的「立形插花」，之後又逐漸昇華演變成「立花」。

足利家全盛期的室町時代，「佛前供花」的形式發展成「客廳裝飾」。室町幕府與朝廷貴族、有力的諸侯都有著一群稱為「同朋眾」的藝術集團，遵循著規則進行裝飾。

之後，六角堂出現了一位人物否定了「同朋眾」的花。他就是池坊專應，是專好上上一輩的祖先。

池坊專應留下了後世稱為《專應口傳》的花傳書，痛批了當時的客廳裝飾不過只是將漂亮的花插上去而已。

《專應口傳》完成於足利幕府從鼎盛期漸漸走下坡的時代。池坊的花與以幕府、貴族為中心所發展的客廳裝飾截然不同，是為了町眾而插的花。隨著幕府的衰退，「同朋眾」也從時代的舞台上消失，而「池坊」的町眾之花反而漸漸受到注目。

戰爭接連的時代，征戰的不僅只有武士，就連僧侶也武裝起來，農民亦起義鬥爭。京都也因久經戰亂，日日人心荒蕪不安。

正因為是這樣的時代，所以人們向池坊尋求慰藉，貴族與武家的插花委託也源源不絕。

時值亂世才深感人命無常，也理解到生命的可貴。耐過寒冬到了春天，生生不息展葉盛開的花朵，還有不論如何踩踏除剪也不斷向上生長的草木，給了人們勇氣。生活在已成了廢墟的街上，看到開放的一朵花，人們感動的不僅是花的美麗，更在無常的生命中，找到了花朵帶來的明日希望。

六角堂的花背負著人們祈求的願望而進化。花不單供奉於佛前，也與明天的希望合而為一，所以才深深吸引著拼命要活下去的人們。

專好出生的時候，因為專應的活躍，池坊已被稱為「插花名人」了。生於如此家系的專好，從幼時就被教導要守護六角堂，需行於插花之道上。對於少年時代的專好來說，僧侶的修行與為了繼承家業的插花修練，就是生活的全部了。

幸好專好本就是個喜歡動物、植物的溫柔孩子，從山川中的生命到庭院路旁開著的野花，他都毫不厭倦，打從心底愛惜著。當專榮看到一隻蚊子停在專好手上吸血而正要打下去時，專好竟護著蚊子說：

「不行，蚊子現在吸得正快樂呢，太可憐了。」

專好這樣的氣性應是受溫柔的母親所影響。父親在他七歲時病逝，身為專應次男的父親也是插花之人，這件事專好是許久之後才聽母親說起的。

母親雖然沒有插花，但常常牽著幼時的專好到附近的賀茂川邊、東山還有愛宕山。她教給專好的不是插花的方法，而是以自然的方式告訴專好，植物有趣的地方以及如何去觀察。

正式開始插花的修行是在十歲左右。十歲到十五歲的五年間，專好離開母親身邊，被帶到了上上代專應的弟子專義處照顧。專義是位沉默少言的人，專好與他一同起臥，進行了僧侶與插花的修行。專義的指導十分嚴格，對當時玩心正盛的專好來說，和專義一同生活的五年是辛苦嚴厲的。但因為專好的樂觀與努力，他的進步也有目共睹。

（有一天我也要像叔父一樣。）

年輕的專好以六角堂住持的叔父專榮為目標，拼命學習。

結束約五年的修行，回到母親身邊的專好已可獨當一面。

回家之後的學習是在六角堂本堂東邊，被稱為「道場」的細長堂中進行，由專榮與專義擔任指導。

小七歲的弟弟專武也一起學習。相對於身體健康、體格也好的專好，專武天生病弱，常常在老師講課途中眼昏，都還沒開始插花就已倒在一旁。兄弟的臉也長得不像。專武因為瘦小，小時候周圍的大人都說「這孩子怕是活不長。」

這天專武也因為不舒服，就向專義要求希望躺下來休息。

專義不知是不是心情不好，並沒有答應，專武便癱倒了下來。專好邊照顧專武邊向他說：

「專武，旁人雖然說三道四，但是你的花是真的好，可以感受到一股『生命之力』。你有足夠成為能手的特質。往後需要專武之力的時代一定會到來的。」

專好認同專武的資質手腕。

年少期的嚴格修行，在專好過了二十歲之後，確實改變了他的花。

除了幫著叔父專榮插武將委託的裝飾客廳之花外，從這時起他也開始在六角堂本堂插花了。

雖然絕非自傲，年輕的專好漠然地在心中有一個想法。

（我要插自己的花。）

就像生於戰國的武家之子，都有取得「天下」的夢想一樣，專好心中也想著，

（要插出讓世人驚訝的花。）

插花之人的抱負在心底發了芽。

（要被人叫作天下第一的花人。）
專好越如此想，就更加勉力修行了。
他以自己的方式不斷摸索，學習不懈。

三

天正十年（一五八二年）六月十三日，秀吉軍猛烈追擊潰敗的明智軍。到了晚上，大山崎一帶還是下著冷雨。

秀吉在大山崎的本陣一邊著急等著討伐明智光秀的報告，一邊回憶起逝去的主君織田信長。

信長叫秀吉「猴子」。

秀吉是平常百姓的孩子，出生於尾張國，以木下藤吉郎之名，十七歲加入信長陣營。

他七歲時就死了父親，為了活下去豁出全力，幫助母親並照顧弟妹。

「娘，我一定會出人頭地，讓妳享福，所以現在請妳再忍耐一下吧。」

「傻子，不要作夢了，快點找到工作，獨當一面。」

一直都很有精神的母親總是這樣斥責秀吉。

十五歲起約兩年左右，秀吉輾轉各國賣針，跟著的師傅是位親切半老的男人，他帶著秀吉到尾張國各市與周邊諸國，也教了秀吉有關各國的事。

「美濃的齋藤道三、三河的松平廣忠、遠江的今川義元，還有尾張的織田信長。現在是戰國下剋上的亂世，藤吉郎啊，你不想當商人，想到哪兒做官吧，那就張大眼睛好好看到哪兒做官好，我討厭戰爭，所以哪國都不推薦。」

秀吉一步一步走遍諸國，聽著師傅的話，思考哪一國的將來最有前途，最後他選了織田家。與其他武將不同，秀吉非常機靈柔軟，這是遊歷諸國磨練出來的。

被叫做「猴子」的理由之一，是因為秀吉沒品的長相。八字下垂不端整的粗眉還有乾瘦的臉，也被人戲稱叫「禿鼠」，可見他相貌的貧陋。再加上秀吉從幼年起兩頰總是紅的。

個子矮，姿勢不好又駝背，就顯得更矮了。若只看長相，可以說他實在配不上進攻中國地區三萬軍隊總大將的氣勢。

但是秀吉卻比任何人還靈通，擅長注意並利用別人注意不到的事。

作為信長的隨從，可以進出清洲城，並擔任勞役工事與掌管廚房的內部工作。加上秀吉又知道怎麼搔到人的癢處，所以一手包辦了麻煩的差事。

耕田種菜賣菜，到各地行商兜售，這些過去的經驗都實際運用到工作上。

秀吉總能完成所有的差事，並且不僅是完成而已，還提高效率進行許多改革。所以他在家臣中逐漸醒目起來，成為能夠接近信長的人物。

秀吉深深記得第一次被信長叫做「猴子」的那一天。

那天秀吉剛當上給信長拿鞋子的職務不久，他不敢相信信長居然記得自己的臉，不禁喜極而泣。被信長叫做「猴子」，他是真的高興哪，高興到寫信給母親說：

「娘，昨天信長大人叫我『猴子』呢，我真是高興。」

信長也十分中意秀吉。因為他總能搔到癢處的能力、強烈的功名心與不斷湧現的絕妙智慧，都與其他一板一眼的家臣們非常不同，吸引人的注意，讓信長也連連稱讚。

之後秀吉快速的進擊更是攔也攔不住。賭命奮戰之後得到的功名都是為了信長，因為要報提拔自己的信長之恩，秀吉可說不惜性命奮力搏鬥。

他不論在哪場戰役，一貫地都將勝利歸功於信長。

其中元龜元年（一五七〇年）的功蹟更是值得加上一筆。當時信長以很快的速度成為畿內的一大勢力，進而開始討伐威脅到自己的越前朝倉義景。順利攻陷朝倉領地的金崎城，入城後居然發生了震撼信長的意外事件。信長之妹阿市的夫婿、領有北近江的淺井長政竟然背叛並領兵包圍信長。

事出突然的夾擊，信長眼見就要敗下陣來，所以告訴諸臣：

「如此繼續戰下去，我軍會全滅，撤退撤退。」

「大人！請讓我秀吉留下殿後，我捨命也會護住您與織田軍。」

秀吉為解信長之危、護住撤退的軍隊，所以挺身留下殿後，並完成了這最危險的任務。

因為這些功績，天正元年（一五七三年），秀吉獲得了江北三郡，以琵琶湖北邊的長濱城為本據點，並從當時織田家有力家臣丹羽長秀與柴田勝家的名中各取一字，將木下之姓改成了羽柴。信長屬下的老將們與百姓出身的秀吉並列並肩的情景，在那個時代算是奇蹟了。而秀吉眼中只有信長並緊隨著他，所以出人頭地的速度也急速上升。他就算丟了性命也要護住提拔培養自己的信長，不論什麼事只要對信長有所助益，那便是自己最高的喜悅，也是對信長的報恩。

但另一方面，秀吉陞遷的速度也招致周圍的忌妒，同僚們私下都批判他是不安分的死老百姓。

在某場勝仗的祝宴裡，同樣效忠信長、擔任信長牽馬人而出世的佐佐成政，對著秀吉大聲叫了「猴子」。成政對信長的忠心並不輸秀吉，但對秀吉獨享信長的褒揚很不是滋味。他雖率直但酒品不怎麼好。

「秀吉是隻猴子，鄉下猴子。為啥只有猴子被誇啊。」

喝醉了的成政在秀吉本人面前大罵。

「成政你什麼意思，竟然叫我猴子。」

秀吉像火一般發起怒來，向成政飛撲了去。武士體格的成政對自己高大結實的胸膛非常自豪。這樣的體型實在不是瘦小的秀吉所能匹敵的，但秀吉還是不顧一切撲了上去，當場的氣氛一下高升了起來，喝醉了的兵將們在周圍煽動著。

「去啊成政，宰了這隻猴子。」

「酒宴之上可以沒大沒小，上啊成政。」

忌妒秀吉的人紛紛鼓吹成政。很明顯秀吉在這兒是佔了下風。

佐佐成政醉得厲害，沒法兒一下站起來。相反地秀吉卻十分冷靜，他是看準了成政已醉才撲了上去的。秀吉跨在成政身上，揪住他的衣襟。

折騰了好一會兒，四周的人才制止秀吉並將兩人拉開。

「可惡的成政，輪不到你叫我猴子。」

秀吉大罵。

其實這個場面是秀吉計算好的。他飛撲上去時，雖然看起來醉了但卻是醒著的。而就算自己大罵成政，因為是在酒席上，所以互相也會獲得原諒。算計頗高的秀吉瞄準的是，利用這個機會讓周圍的家臣閉嘴不叫自己猴子。

秀吉真的討厭被叫做「猴子」。對他來說，可以叫自己「猴子」的只有主君信長而已。

不過之後對秀吉的誹謗並沒有停止。

「猴子猴子猴子，你們都不配叫，總有一天叫你們好看。」

秀吉話到喉頭又吞了回去。

（總有一天叫你們好看。）

正因為如此秀吉更加堅強，不論面對什麼強敵，他相信自己一定可以擊退。而原本應是原動力的意志，卻逐漸變成對權力的可怕執念，秀吉以壓倒的力量擊潰叫自己猴子的人。

六月十三日半夜。

秀吉終於接到了討伐光秀的捷報。

周圍的家臣們互相拍肩稱讚勝利，各個喜不自勝。家臣之中最有存在感的石田三成看著秀吉。秀吉站定望向外邊，依他的個性，如果打了勝仗一定會領頭又唱又跳大大歡喧一場，但此時他的視線中只有黑暗的林子，明明打了勝戰卻直盯著暗夜。

庭中的篝火爆聲出來，在場的人以為是槍炮聲都往中庭看去。到目前為止都不發一語的秀吉大聲說道：

「諸位，幹得好。今晚好好鬧一場，慶祝勝利，也好好慰勞兵士們。」

秀吉脫去兜鎧，丟到地上，侍從們隨即將兜鎧拾起整理好。秀吉以放心的表情回頭看著家臣們。看到此景的臣下紛紛喊起勝利的歡呼。

「喔～喔喔～」

這些家臣秉性率直，主君的笑臉多麼讓他們歡喜。秀吉一個人從交相稱道的家臣中離開。

東邊的雲隙間，上弦月露了一些臉，一瞬間的月光照著雲雨。明天看來會是個晴天。

換了衣服，橫越庭院，秀吉來到了小茶室。這是個寂靜的小庵。

他從狹小的入口進入室中，將一朵撫子花插在窄口的瓶中後，打開了桐箱的蓋子，拿出信長所賜的茶碗。這是先前戰役的褒賞，對秀吉來說，是有著特別回憶的物件。他小心取出，兩手撫摸著碗，

「信長大人……。我只是希望獲得您的援軍，想不到竟然成了這樣……」

秀吉喃喃自語。

眼中溢出無法壓抑的淚水，滴落面頰，而茶碗中也灑落了幾滴。秀吉仔細用懷紙將碗中的淚擦去。

室中的爐加了炭，鍋中水已煮沸，水滾蒸氣冒出的聲音回響著。秀吉以熟練的手法默默泡著茶。當初在信長身邊看到他蒐集的名品時，秀吉完全不能理解只是喝個茶為什麼要用如此昂貴的道具再配上這些手法，他曾認為這樣的茶

和自己無緣。但隨著時間經過，同樣身為家臣的前輩柴田勝家與明智光秀等人，都獲賜信長的名品，得到可以泡茶的許可。獲得許可的家臣都非常得意，沉浸在泡茶、舉辦茶會招待賓客的光芒之中。

「到底茶是什麼呢？」

這個時代，獲得世上最多名品名器的就是權力的象徵，所以信長不斷蒐集名品，代表他擁有更大的權力。

因此原本慾望就強的秀吉，有一時期為了「希望獲得泡茶的許可」而搏力奮戰，因為對茶的憧憬而賭命。

他回憶起信長允許自己泡茶的那一天，因為太過高興，從白天到晚上身體竟不停發顫。

用信長賜與的茶碗滿足地泡了茶，秀吉靜靜將茶筅[1]放下，向著無人的客席放下這碗茶。

「信長大人，請。請您享用秀吉的茶吧。」

突然時間慢了下來，喧囂消逝內心平靜。對秀吉來說，這一方狹小的茶室現在就是一個宇宙，成了另外一個不同的空間。秀吉在茶碗對面，真的看到了信長。

「大人，仇已報，您高興嗎……。大人統一天下的遺志，我賭命也會完成的。」

已經沒有眼淚了。秀吉向茶碗行了一禮，離開茶室。在這天王山的茶室裡，他下定決心，

「我要代替大人，在我手中終止這亂世。」

長雨終於停了。上弦月也完全露臉，慢慢照耀起這深暗的世界。

1 茶刷，以竹筒製成，一端製成精細的長條狀，有如刷具。

四

這是信長死於本能寺之變前二十幾年的事了。

二十四歲的專好遇上了某位命運的人物。

永祿三年（一五六〇年）五月，京都剛進入初夏，遙遠的尾張清洲城寄來了一封請池坊插花的委託書。這清洲城是連天上的飛鳥都會驚落、勢力如日中天的織田信長的居城哪。閒話不多說，叔父專榮馬上帶著專好、專武還有數名弟子前往清洲城去了。

專好心中十分興奮，想著京中傳聞的織田信長到底是何人物？

旅途十分順利，但在一行來到離清洲城不遠的驛站時，專榮因為風寒無法起身，好像是因為途中淋雨所致。在高燒意識模糊中，專榮把專好和專武叫到面前。

「事至如今，斷不能拒絕織田信長大人。專好你來插花吧。還有專武，你好好協助兄長。」

專好無論在什麼情況都不太會緊張，但這下睡不著了。在現今最有權勢的信長居城插花，這是獨一無二的機會。

翌晨，專好留下專榮，帶領著專武與叔父的弟子們急往清洲城去。

越接近城壘，每個人都自然收了話，表情也僵硬起來。

「兄長，等不及要一展身手了呢。我的心臟都要從嘴裡蹦出來了。」

專武俏皮地把手壓在嘴上。他為了讓專好不要太緊張，所以在逗樂呢。一眾都敞開了笑臉。

「專武，身體怎麼樣？這次千萬別倒下喔，這工作是我專好一生中的大事呢。」

專好笑了出來。

正午，把行李放在城下客棧後，一行人馬上走進附近的山中，尋求花材的松枝。在清洲城的大廳，將要立起寬十三尺的大型插花。用嚴格的眼光檢視一枝一枝的枝條，選出力道強勁的松枝。嚴選出來的松枝共二十枝，除了弟子們之外，專好也親自將這些松枝扛下山。這時已日暮西沉，四周被寂靜的黑暗包圍。砍完松枝之後，一行人來到清洲城附近的池塘採收菖蒲花葉。回到客棧後，在外頭的簷下排上水桶，將採來的松枝與花葉浸在桶中。

這夜，眺望著滿天的星空，專好靜了下來，但興奮的心情一直無法平復，邊想著不睡不行卻偏又睡不著，所以平常不喝酒的專好稀罕地叫來了酒。

「終於快來了。」

喃喃自語後，將酒一口飲盡，喝了三杯便濛濛地醉了，睡了下去。擔心兄長的專武悄悄開了門，才發現專好睡衣大開，整個肚子就這麼露了出來，正呼呼大睡。

「真是……」

專武愣了一下便為專好蓋上棉被。

「兄長，我們好好努力，一定會完成很棒的花的。」

專武在專好耳邊像暗示般輕輕說道。

隔天早晨，一行人與日昇同時進了清洲城。代替叔父，專好親自用花剪、鋸子、柴刀和刨子等工具進行作業。他完全鼓舞了起來，因為這是他頭一次指揮，而且場所還是信長的居城，所以更加起勁了。

專好拿起一瓶之要「真」[2]的松枝。這枝松是昨天從山裡砍下，有絕佳的彎度。專好閉起眼睛，深深吸了一口氣，平撫緊張興奮的心情。

「好！」

在提起一股勁之後，他看向松枝，眼神十分嚴峻，這樣的氣氛也將膽量傳給了專武與弟子們。他將松高舉遮天，毫不猶豫地將不要的枝條剪下。一旦剪下就無法還原，所以好好判斷是否該剪，也是插花的醍醐味。

最初的一枝松已立於瓶中，在什麼也沒有的廳中，彷彿感到了風吹。松枝配上開得正盛的菖蒲，菖蒲的發音與「勝負」相同[3]，葉片也象徵著刀。在這清洲城所插的是祈求信長武運昌隆的花。

清洲城的大廳中漸漸出現了一瓶誰也沒有見過的巨大插花。專武與弟子們看到專好的活躍，感到十分可靠，所以也更加專心於自己眼前的作業了。西邊的天空染紅時，大廳中完成了一瓶出色精彩的花。這是寬十三尺，高度超過六尺的大作。一瓶主枝的「真」好似反映出專好的雀躍，松枝飽含力道向上延伸，充滿了整個空間，紫色與白色的菖蒲與其相對。正當時節的菖蒲滿開得意，而淡粉色的杜鵑收緊了瓶口。這正是呈現五月季節的艷麗立花。

專好擦了擦額上的汗水，向專武說道：

「如何啊專武，是不是一瓶讓人吃驚的花呀。」

話中充滿了自信。專武大大點了頭，連話也說不出來只發出了「嗯嗯」聲。

---

2 組成「立花」花形的骨架，主要有以下九個部位：「真」、「副」、「請」、「控」、「正真」、「見越」、「流枝」、「胴」、「前置」。「真」為立花中的主枝，其姿態左右了整個花作。

3 菖蒲的日文發音與勝負的日文發音相同。

專好將今天的花材發揮到極限，感到非常滿足，也滿心感謝專武與弟子們。

「最後的一筆。」

專好這麼說著便在立花後方掛上一幅掛軸。畫中描繪著一隻雄赳赳的老鷹。老鷹好像停在松枝上瞄準獵物一般。這是專好為了讓喜歡老鷹的信長高興，而特別設計的一筆。

在專好一行人邊收拾工具邊完成最後的作業時，有一男人一聲不響地進了大廳。他什麼也沒說就坐到花的前方，望了望專好和其他人，再抬頭看向立花的正面。這人看上去不像是武士，很安靜，年紀也比專好大上一輪。一會兒之後，男人向專好問道：

「今日不應該是池坊專榮大人前來嗎？」

這位高挑男人的音調混著大坂[4]腔。

（是誰啊？看著我插的花竟問起專榮，真是失禮。）

專好心裡不是滋味，但也沒有辦法無視於他，所以便答道：

「專榮來到清洲城附近，因為突然發燒臥床，所以便由專榮的姪子池坊專好來代替完成這大廳之花。」

雖然壓著不滿的心情，但為了言語上可以稍微譏諷一下對方，所以專好的回答有些大聲。

「喔喔，您就是現在京都中廣受好評的專好大人哪。」

男人說著再重新看向花去。

4 大坂是大阪的古稱。

彷彿是眺望遠山般的這個動作讓人留下印象。不過，他銳利的眼光讓專好一瞬間感到退怯。男人不說一句話站了起來，向專好行了一禮，轉身就要離開。

「請等一下。」

專好靜靜叫住他，男人也不回頭就站在原地。

「我想聽聽您的感想。您認為這花如何呢？」

專好自得意滿起來，他覺得這是他最高的傑作。

男人還是沒有回頭，答道：

「不愧是池坊專好大人，松枝栩栩如生。不，簡直更加生動。這躍動感真是拔群。從選枝到處理，您真不一般。果然和同朋眾的客廳裝飾花不同，是超乎評價的花，非常精彩。」

（是吧，你看看。）

專好正當得意的瞬間，男人接下來說了「但是……」後卻又打住。

「但是，但是什麼呢？話說到一半不說很傷腦筋，請您接著說吧。」

男人邊搔著耳後，一副糟糕了的表情。因為專好步步進逼，他只好轉過身來，看向專好。他的身材很高又有肌肉。臉笑但目不笑地說道：

「但是……怎麼說呢，花果然是可怕的東西哪，這花比起平常六角堂的花，好像是別人插的呢。」

為了信長大人，專好比平時還要用心插作，因為是卯足了幹勁插的花，所以被認為好像是別人插的也是理所當然。

專好保持平常心，繼續尋問：

「您的大名是？」

「在下宗易。是上週跟著師匠前來的。」

男人這樣告訴專好後又深深向他行了一禮，慢慢抬起頭來。這時他的表情和剛才看花時截然不同，充滿著溫和直入人心的笑容。

宗易來回摸著頭說：

「啊呀，真是抱歉，請您忘了我說的吧，這真是名副其實，不，是超越評價的花。池坊的花，相信信長大人必定會很高興的。那麼失禮了。」

說完宗易摸著頭走出了房間。專好也回不了什麼，只是目送著宗易離開。

「宗易大人……真是位奇怪的人哪。」

在收拾整理完畢之後，專好的花已在城內傳了開來。聽到風聲的家臣們陸陸續續到了大廳，紛紛讚賞著「真不愧是京都第一的池坊的花啊」。

日已完全西落，回到客棧洗完澡後，因為順利完成任務，專好非常高興地與專武、弟子們一起用餐，慰勞大家。但是專好的心中仍然在意著宗易。

（宗易大人究竟是何人物？為什麼可以說得如此篤定？）

專好想把宗易的事早些忘掉，好為明天準備。所有的成果都要看信長大人怎麼說。但是，「好像是別人插的呢」這句話卻好幾次浮現腦海，讓他遲遲無法入眠，好不容易睡著卻又是黎明了。

早晨，五月晴朗的天空湛藍無比，專好被召到大廳，等候拜見信長。

等了莫約一個小時，緊張的氣氛達到最高點。

——大人到。

隨著這句話，現場的空氣彷彿裂開一般，正如傳聞一樣打扮奇特的信長步入大廳。跪坐在大廳中的人們拜低了頭，前額都碰到了地上。專好也和其他人一樣，但是偷偷瞄了信長一眼。

（真年輕。）

這是專好看見信長後的感覺。他原本以為信長勇猛果斷征討了今川義元，應像魁武的野武士般高壯，但想不到眼前的信長竟體格苗條結實。

數十名家臣跟在信長後面陸續進入大廳。以柴田勝家、丹羽長秀為首，擁護信長的勇猛將士齊聚一堂。

信長的到來一瞬間讓現場的空氣變得不同，威風八方壓倒性的迫力與如刀般銳利的目光，信長的態度在在呈現出他現在如日中天般的勢力。

這天信長心情特別好，進了大廳就馬上坐到花前，眺望著花片刻。他緊閉著嘴看著作品，目光好似盯著潛藏於竹林深處的生物一樣。不發一語觀看一會兒後，突然啪地一聲用扇子敲了自己的膝頭。

「精彩！」

信長回頭望向一眾臣下，看到退於一旁的專好問道：

「你就是六角堂的池坊專好？」

「是。」

專好回話時前額低叩到地板。

「很好的花。」

信長點頭並大聲讚許。

「紫雲山頂法寺六角堂住持池坊專榮之姪池坊專好，獲大人褒獎，榮幸之至。」

「往後要更加勤奮修練此花之道。」

「是，必定謹記於心。」

專好高聲應道。

（我如今在這兒獲得信長大人的肯定了。）

專好的心情好似登上青天，但同時腦海裡卻浮現出宗易的臉。

當天下午，一行人踏上回京的歸途。

專好的心情愉快，被信長大人這樣讚許，高興是理所當然的，而參加製作作品的沒有一個人不欣喜，專武與弟子們口中不斷透露出他們的喜悅。

但是對專好來說，宗易的話卻像哽在喉頭的刺，讓他十分在意。

當晚，在客棧安置下來後，專好向終於恢復元氣的專榮說了遇到宗易的事。

專榮聽著專好把話說完後平靜地說道：

「專好哪，花一定會顯露你的心。你今天插的花，與其說是要靈活呈現出花木本身的姿態，倒不如說它顯示出你希望誇耀自己身手的心情。難道不是如此嗎？專好。」

（但是我獲得了信長大人的肯定。）

這句話專好並沒有說出來。

「希望讓信長大人大吃一驚、希望獲得肯定，你這樣自傲的心情被人看透了。」

專好聽了專榮的指摘，不禁紅了臉。

「忘記與花的對話，怠慢以致於帶不出花的本質。這是宗易大人想和你說的吧。也就是說，你今天的花沒有心。專好，人上有人哪。」

專好感到身體失了力氣，宗易說的「花果然是可怕的東西」這句話擦過心頭的同時，他又覺得可恥。無視於專武和弟子們的喜悅，專好的心情終究還是無法晴朗。

五

永祿四年（一五六一年）八月。

距專好在清洲城插花已過了一年多。六角堂寺中蟬聲震耳，京都正值秋老虎的季節，因為盆地的地理環境，風吹不進來。

專好返京後仍然習花不懈，但時常插到一半停下手來，會突然想起宗易的事。

（為什麼宗易大人覺得我在清洲城的花缺了重要的東西，認為花裡沒有心呢？真是可怕的人哪。）

在畏懼宗易深奧的同時，專好也不可思議地想再見到他和藹的笑容。

弟弟專武從清洲城回來後，每見到人都要將清洲城的事驕傲地說上一回。

「兄長真是厲害，被那位信長大人誇讚了呢。」

雖然專武逢人就說，但專好卻隻字不提。這是因為宗易的指謫，讓他沒有辦法高興得起來。

明明都快九月了，秋老虎卻發威得更厲害，一天專好突然接到一封信。

（難道是。）

他猜得正著，這封信來自那天唯一將自己自傲的心看透的那位。專好將寄信人再確認了一次。

（果然是宗易大人。）

專好害怕打開這封信。因為宗易看透了自己，專好預感這信會再傷到自己，所以顯得戰戰兢兢。

（寫著什麼呢？）

信中居然是邀專好來喝茶的內容。

（是呀，宗易大人是位茶人哪。）

信中的文字讓人覺得親切輕鬆。

（什麼？原來他也在意著哪。）

專好對宗易也同樣在意自己感到高興。

信寄到的一週後，專好拜訪了宗易的住處。

這天一早陽光就十分刺眼。宗易在玄關迎接專好，臉上溢著天真的笑容。

「啊呀專好大人，今天可真熱呢，真高興您能來，請進請進。」

宗易連珠說道並引領專好進屋，專好像是被吸進了茶室一樣。庭中鋪滿青苔，一片苔綠中的踏腳石上潑著水。適才的炎熱好像騙人一樣消失，庭中充滿涼意。專好閉上眼，微微感到哪裡吹來了涼風。

這裡吹著風。在京裡不太有的風，竟吹拂在這庭院中。

茶室壁龕竹器裡插著短短的芒草與小菊花苞。專好盯著這花，芒草有著一股風情，讓人想起秋天。宗易為了在大熱天裡造訪的專好，特別插上了有初秋氣息的花草，這樣貼心的舉動讓專好十分感動。

宗易泡著茶，開口說道：

「專好大人，這花您以為如何？」

專好停了一會兒回答：

「這花令人舒服愉悅。」

這是打從心裡的話。

宗易高興地笑了。

「其實我從以前就很喜歡六角堂的花，每次到京都如果有時間總會到六角堂看看。一直很喜歡專好大人輕鬆自然的花。怎麼說呢？不拘束於形式，依著草木的姿態和自己的意思自由舒展枝葉，讓人感到『生命』的力道。還有不同的花材互相協調融合，讓人覺得花中有謙虛之心，我非常喜歡。」

宗易話畢後遞上了茶。

專好聽著宗易的話，深深感到高興。

「宗易大人以前就知道在下，真是榮幸。我並不知道您特地到了六角堂。請容我向您致謝。」

專好也時常不拘束於無法呈現生命躍動的型式框架，盡量不加雕飾地帶出草木原本的生長樣貌。但是，清洲城的花卻充滿著想讓人吃驚、誇示自己實力的意圖，與其說是考慮到花草本身，倒不如說是因為自己希望插一個大作，所以便依自己的意思擅自改變了枝條的姿態。就這一點，宗易才覺得這花「好像是別人插的」。

（我果然還不夠火候哪，還早還早呢。）

想起宗易的指謫，專好率直地這麼覺得。

待專好飲盡遞上的茶之後，宗易好像要說些什麼。

「專好大人……」

專好等著宗易接著說，但他卻欲言又止。

「宗易大人，怎麼了嗎？」

「其實我有一事相求……」

宗易停了一下，下定決心說道：

「您能教我插花嗎？」

對這突然的請託，專好吃了一驚。宗易比自己還大了十四歲呢。

「是立花嗎？您在說什麼呢，宗易大人您不是已有茶道了嗎？究竟為何提出如此請託呢？」

「我確實已有了茶道，而專好大人您也有您的花，但兩條道路看似不同實而相同。專好大人追求立花的態度，讓我深感佩服，所以我也想接觸您所認為的美。」

「您雖這麼說，宗易大人……」

專好搔著頭，不知如何回答。

「為了究極茶之道，我需要向您學習立花之美。」

專好遲遲不點頭。

「無論怎麼說，我還是喜歡您的花。」

宗易像孩童般笑了起來，這瞬間讓專好卸下疑慮答應了。

從那天起，宗易只要有時間就會拜訪專好，專好也會去宗易的茶室，彼此交換各自追求的花與茶之道的意見，討論理想之美。宗易尋求的美深深吸引著專好，茶道與花，雖然領域不同，卻有許多相通之處。

宗易本身已經理解了裝飾客廳之花的基本手法。他現在想學的不是客廳的裝飾，而是專好充滿生命感的花。

專好也時常期望能插出超越老師專榮的花，所以他深入山林、觀察自然並凝視多種多樣的花草枝葉。在宗易拜訪六角堂的日子，六角堂道場中的燈火總是點到半夜，響徹著花剪剪枝時清脆的金屬聲。

離初次見面已過了三年，在一個冬日。

專好、專武還有宗易三人在六角堂的道場裡練習。當時晚飯已畢，日落西山，寒冷徹骨的天空到了晚上下起雪來。今天的練習材料中有很好的松枝，所以三人非常認真。專好的松枝向右大大彎了出去，呈現承耐雨露風雪的姿態。另一邊，宗易的松枝並不特別彎曲，只在枝梢處稍微左右一擰。準備分配花材的是專好。

宗易從剛才就瞄了專好的松好幾次，也不太動手插自己的花，好像想說什麼。看不下去的專好就對宗易說道：

「宗易大人，如果您不快點插，今晚是回不去囉。」

宗易露出他招牌的和藹笑容。

「是啊，這樣就傷腦筋了。這樣吧，專好大人，我這枝松和你那枝松交換吧。」

說著說著宗易便站了起來，要拔專好的松。

「唉呀宗易大人，您這是在做什麼。」

專好慌忙大聲叫出，並撞了宗易一下，高大的宗易向後顛了一步。宗易四十二歲，專好二十八歲。長到這個年紀是不大有人會向自己撞過來的，所以宗易也火了，擠向專好說道：

「專好大人，沒有撞人的道理吧，居然撞人……」

看到這情景的專武便說：

「兩位停手吧，真是的，一點都沒有大人的樣子。」

居然被比自己小的專武說孩子氣，這次換專好發威了。

「專武，對兄長說沒有大人的樣子是什麼態度，還有你看你插的這是什麼，沒有一點精神，應該要這樣，更伸展伸展出去。」

專好說著就將專武的松拔了起來。

「啊！」

專武大叫。

「專好大人，這可不妙呀。」

宗易小聲喃喃說道。

平常乖巧的專武站了起來，氣得面紅耳赤。

「今天的花有可能成為我目前為止的最高傑作，您居然……」

專武哭了起來。專好見不可收拾，連忙向專武道歉。

「專武，不好意思呀，我沒有惡意，可惡的是宗易大人哪。」

「不，兄長，今天絕對不原諒您。」

專武追打起專好，兩人在像鰻魚睡床一樣狹長的道場跑起來。

下雪的夜晚，都是大人了居然拔了別人的松，又為了覺得別人的松比較好和區區松枝的姿形吵架。這個瞬間宗易不禁感到十分窩心。看著專武追著專好，他偷偷把自己的松換了專好的松。

「好了，從開頭再插一次吧。」

雪下到隔天早晨，六角堂積滿了今年第一場雪。在道場的三人一直插到早上。東邊的天空泛白，專好和宗易揉了揉眼，打開道場門，走到六角堂院中。而專武已氣力用盡，在花前呼呼大睡。

宗易利用松枝精彩的彎曲，插了一瓶大膽的花，而專好則用了那枝原本讓宗易傷腦筋、左右擰開不好處理的松枝。但是這枝難用的松卻非常適合插成立花的主枝，煥然一新地呈現出莊重的氣氛，讓人讚嘆專好的技量真不愧是名手。

本堂中兩人互相觀看、比較彼此的作品後，一言不發坐到自己的作品前，重新審視起來。

「好。」

「宗易大人，您因為用了好的松枝，作品真是不錯哪。」

「欸，不是只有松好吧。」

專好和宗易都感到十分充實，這時緊張的心情便鬆懈了下來。

下個瞬間，不管本堂寒冷徹骨，兩人幾乎同時向後倒下沉沉睡去。早晨的六角堂響徹了兩人的打呼聲。專好在睡夢恍惚中，喃喃說出過去被信長讚許過的那句「精彩」。

專好與宗易成為朋友的當時正值激動的戰國之世。

信長在桶狹間之戰，討伐了今川義元，並且與今川支配下的三河國德川家康結盟。之後，他攻取了情勢變得險惡的美濃，成為領有尾張及美濃兩國的諸侯。

信長以淩厲的攻勢擴展勢力，在他入岐阜城不久後，宗易獲出身地堺的前輩茶人今井宗久的介紹成為信長的茶頭[5]。其後，宗易的茶道評價更是青雲直上。而很早就開始重視茶道的信長，將准許從事茶道與賞賜茶道具作為征戰的褒賞。他自己也十分熱衷於收集茶道具，以半強制的方式要人進獻物品。這位

5 替有權勢之人服務並負責茶道的茶師。

最接近統一天下的武將，其一連串的行動，提高了茶道的價值，導致諸將競相習茶。

於明智光秀在本能寺背叛的前一天，信長展示了自傲的茶道具。本能寺大火，信長的遺體沒有被找到，可見火勢之大。與許多被謳歌為名品的茶道具一起，信長短暫卻激烈的一生就此落幕。

信長死後，織田家的繼承掀起了激烈的對立。秀吉與最受信長信賴的筆頭家臣柴田勝家的衝突益深，後來秀吉打敗了勝家，而為他帶來勝利的一大助力是老友前田利家。利家與秀吉同樣都是從十幾歲的時候開始追隨信長，是青春時期一同奮戰的夥伴。

秀吉最後成為實質上信長的接班。而宗易也在信長死後成為秀吉的茶頭。

對曾是信長茶頭的宗易來說，秀吉報了拔擢自己的信長之仇，又是信長的接班，所以跟隨秀吉是再自然不過了，這也是宗易為人的道理。

在戰國武將們捲起的戰塵中，茶道與客廳裝飾之花互相競爭，也十分被重視。亂世受苦的人越多，人們便更加鑽研茶與花。可說是個充滿諷刺的時代。

六

天正十年（一五八二年）六月二日，因明智光秀突然謀反，織田信長在本能寺結束一生。當時，本能寺所在的下京地區也受到波及，許多民家都被燒毀，民眾流離失所。

幫忙專好收集花材的平太，他的家那時正好在本能寺的後邊，被大火燒成灰燼。平太背著病弱的母親，拿了能拿的家財逃到六角堂撿回一命。現在因為專好的收留，住在六角堂的寺坊裡。不僅是平太母子，六角堂也提供臨時住所給許多失去家園的下京百姓，並連日開鍋賑災。

「大家都振作一點，不要氣餒。」

「看看花草，大雨風吹也不屈服，到了春天一定開滿花。所以我們現在需要忍耐，春天一定會來的。」

專好將對明天的希望託付給花朵，為了給民眾打氣，每天都將花插得十分精神。

專好的叔父，也就是六角堂住持的專榮，比信長早三年去世，他一生不斷前往遠地插花，艱難旅途中踏出的腳印，成為將池坊的花傳播全國的重要足跡。

專榮過世後由專好繼承住持。專好在插花之餘，還需兼顧寺裡的事務，雖然每天為繁瑣之事奔忙，但每朝的供花是必不可缺的。

到了六角堂紅葉似火的季節，很快本能寺之變也過去四個月了。

專好連續寄了好幾封信給宗易，但都沒有接到回信。

「宗易大人現在到底怎麼了呢？」

帶著冬天氣息的風吹起了一片又一片的紅葉，專好看著此景喃喃地說。

從本能寺之變以後，專好就非常擔心宗易。

宗易任職信長的茶頭之後，因為忙碌又住得遠，所以就少到六角堂來了。特別是這幾年，以信長為中心的艱困戰役不斷，專好懸心這樣的情勢對身為茶頭的宗易來說必定也是難熬的。

（就算見一面也好。）

殷切期盼見面的心情始終縈繞於心。

妻子阿民看著專好如此，這四個月也不好過。她知道本能寺之變發生後幾天，專好為了確認宗易是否平安，曾走遍火災後的廢墟一帶。

阿民準備的飯，專好幾乎不吃，連最喜歡的甜食，也只是深深嘆氣，動也不動。六歲的豐重坐在父親膝上，很擔心地抬頭看著。

但是，身為六角堂的住持，日常的事務也需要進行，不能讓前來參拜的人們也跟著擔心。專好忍著悲傷，提起精神完成每天的工作。

專好聽到傳聞說本能寺之變的前日，信長將自傲的茶道具展示在眾人面前，但是當時宗易並不在場。

（宗易大人一定還活著。）

專好深信著。

（但是為什麼都沒有回信呢？別是被捲進其他麻煩裡了吧？還是……）

他越想就越聯想到壞的地方。

專好回憶起宗易丹田飽滿的聲音、印象深刻的笑容與一起認真插花的時光。

信長死後，謀反的明智光秀雖馬上被制裁，但之後混亂的局面仍持續不斷。

（誰都不知道命運會為了什麼突然改變。）

人命無常，和一朵花飄渺的生命並沒有多大的不同。

（真想再喝一次宗易大人的茶哪。）

這是一個死亡近在身邊的時代。

本能寺大火已過了十個月，時值三月下旬，在六角堂的櫻花盛開之日，專好的女兒出生了，取名櫻子。雖然依然沒有宗易的消息，但女兒的誕生帶給專好無比欣慰。

四月的某一天，專好的弟子薩摩六助舉辦了茶會。這時本能寺附近已大半重建，許多百姓也回到原來的生活。

六助是三條室町的和服商人，也承辦專好等人的衣服。他待人很好又會做生意，所以京都各處都有他的客人。就是因為希望招待自己的顧客，六助才想開個茶會。

「下次茶會一定要請專好師傅來插花。」

「六助，你最近也開始學花了，自己插插看吧。」

「請別這麼說。我的花呀，怎麼說呢，只是把花剪下來插上去而已啊。」

「那你的練習還不夠喔。」

「師傅您行行好吧。我茶道的師傅和師傅的師傅都會來，可不能丟人。一定要用最好的花來招待。」

六助懇求著。專好雖猶豫結果還是首肯了。

「知道了，答應你吧。」

六助浮現安心的表情，嘴裡嘟噥著「專好師傅開的玩笑還真是吃不消哪」。

茶會當天，專好帶著平太到了六助的茶室。站在長滿青苔的庭中，靜默地讓人忘記身處於京都中心這歷史翻弄的激動之地。

專好從平太找來的數種花材中，選了一朵燕子花和五片葉子插在花器裡，完成了和立花有著不同氣氛、楚楚動人的茶席之花。平太看得入迷。

平太和專武同年，專好像弟弟一樣疼他。幼年失怙的平太由母親一人扶養長大，所以事母至孝，是個善良的人。小時候常跟著專好爬上東山連峰或到洛外的池塘田地去找尋花材。因為這些經驗，現在平太「找花」的本領獲得專好極高的信賴。

尋來了覺得專好一定會喜歡的花材，若專好和預期一樣用了這花材，就是平太最高興的時候。不過就算他覺得找到的花材特別好，也不會刻意強調，反而和其他花材一起帶給專好，這是因為他不希望讓自己的成見影響專好。然而專好在許許多多的花材裡，一定會找出平太屬意的花材，也一定會半開玩笑稱讚他說：

「這花材的枝條姿態真是好，平太你是故意不說的吧，還偷偷藏起來。」

長得高大但話不多的平太被專好這麼一誇，靦腆得轉過身去不好意思笑了起來。專好很喜歡這樣的平太。

茶會開始，前半與中間的休息時間結束後，專好從裏間回到茶室，在準備室窺看了一下茶室的樣子。只見茶會主人六助在和數名賓客說話，內容聽不清楚。

賓客中有一位說著大坂腔，像是從肚子深處發出來的聲音，非常平穩。

（這聲音不會是！）

專好跑到拉門後，耳朵靠著門細細聽。

（沒有錯，這是宗易大人的聲音。）

六助說的「師傅的師傅」原來就是宗易。專好壓抑著想奔向茶席的衝動，在準備室中一個人暗自高興。

（宗易大人沒有事真是太好了。）

這天宗易受前輩的茶人之邀參加茶會，他已許久沒有造訪京都了。

秀吉這時在織田家繼承之爭中一躍而起，終於打敗了柴田勝家。因為提拔自己的信長之死，再加上秀吉成了自己的新主君，宗易一時無法寬心，所以便專注磨練自己的茶道。

今天宗易是期待著可以拜訪六角堂而出席這場茶會的。成了天下第一茶人後沒有辦法像以前一樣自由走動，而今天終於可以到六角堂見專好，所以一早便帶著雀躍的心情到了六助的宅子。

茶室中賓客已齊，六助泡著茶招待。在天下第一茶人的面前，雖難掩緊張，但他的動作透露出勤奮練習的成果。在寂靜的空間喝上一碗茶的茶道與花之道一樣，給人在戰亂之世暫且忘記日常的一瞬間。

中間的休息時間過後，宗易細細看著茶室壁龕的花，靜靜地喃喃自語道：

「真是一瓶好花，我也好久沒見，今天真想好好見一面哪。」

茶席同席的眾人都不知道宗易說的是什麼，只有六助一人擦著額上的汗，視線惶惶不安地飄著。

茶會結束後，宗易靠近六助小聲問道：

「六角堂的池坊專好大人在這兒吧，嗯？六助。」

（果然還是被他看透了。）

六助見況反倒耍賴說：

「宗易大人為何如此說呢？」

「呵呵，六助別耍賴了。」

宗易十分確信壁龕裡的花是專好插的。他靜靜直視著六助的眼睛。

被這雙好像什麼都能看透的深褐色眼睛一盯，一個謊話也瞞不住。

六助的額上冒出一行汗，流過臉頰滴下下巴時，準備室的門被拉開，專好走了進來。

「六助，宗易大人都看穿啦，不用硬撐了。」

專好這麼說著，拍了拍六助的右肩兩下。

「很不錯的茶會，很用功練習，辛苦了。」

專好慰勞著茶會主人的辛勞。

默默看著此景的宗易大聲叫了專好。

「專好大人！」

這時宗易滿面微笑走近專好，和適才的天下第一茶聖彷彿是不同的人一般，這讓六助都看呆了。

「宗易大人！您沒事真是太好了。啊呀，我實在擔心哪。」

專好眼中閃著淚光。因為許久的再會讓兩人打從心底高興。

（只看花就知道是專好大人，真不一般哪。）

平太在準備室裡看著不禁如此嘆道。

（只憑花就知道是專好大人，宗易大人的眼力令人佩服，但只憑花就可以強調自己的存在，專好大人的實力也真沒話說。）

茶會兩年之後的天正十三年（一五八五年），宗易於宮廷舉辦茶會，由正親町天皇御賜「利休」的居士號，名副其實成了日本第一的茶人。另外，以關白[6]豐臣秀吉親信的身分，宗易對列位諸侯也有很大的影響力。這是秀吉與利休關係最好的時期。

6 日本古代最高官位之大臣，其職為輔佐天皇。

七

秀吉進擊的腳步宛如昇龍般毫不停頓。

天正十一年（一五八三年），他開始建造豪華絢爛的大坂城作為自己的居城。隔年讓歷經小牧、長久手戰役的德川家康臣服於下，並征伐紀州、四國，順利擴展支配勢力，最後終於晉升到關白的位置。成為關白的秀吉將姓氏改為豐臣，成了豐臣秀吉。

織田信長將原為百姓的秀吉提拔到諸侯的地位，而這時距信長死後才不過三年。

（我一定要繼承信長大人的遺志。）

秀吉在天王山的茶室如此決心後，腦中便不停猛烈構思起來，不惜以各種方法達成目標。因為他沒有受過一般武將的教育，所以不受從來的慣例拘束，想法靈活。

然而，絕大的權力會改變一個人。成為關白之後，秀吉越發神經質，一遇到不合意的人事物，便無法忍受其存在，要他從世上消失。

就如同信長做過的，秀吉也樂於誇示自己的力量，十分講究豪華，不論是服裝、飾品、建築或是茶道具，不惜錢財要在所有事物上都加上自己的「美感」。而他的美感越是獨特，人們便越拜倒在其前說：

「真不愧是關白殿下，令人感佩萬分哪。」

不論這樣的褒揚是否真心，誰也不對秀吉表露本意。如果不在秀吉覺得「美」的事物上下工夫，反倒會受到處罰，嚴重時還會掉腦袋、殃及妻兒。

如此一來，世上只留讚許之音，秀吉看著這般，也就越發不停地出主意了。

其中之最便是「黃金茶室」。自信長以來，茶道對政治外交有著很大的影響力，在這樣的時代之下，以黃金建造茶室的想法，可說是表現出關白秀吉真正的一面。秀吉命令利休建造黃金茶室。

「利休啊，一定要建出一座誰都無法模仿的茶室。」

（做不了。）

聽了秀吉的話，當下利休就這麼想。原因是此時的利休，想將茶道提升到一個不求浮誇、表現簡素的新境界，他對於美的想法與秀吉完全不同。

對每日與死亡為伴的武士來說，無法預期明天是否得以生存。而在下剋上的環境，今天的朋友也許會成為明日的敵人。所以在這樣的時代裡，利休體悟到的茶道心得即是「一期一會」。削去不必要的瑣碎，不以高價豪華之物，而以謙虛之心盡力招待重要的賓客。利休十分重視這樣的價值觀並認為這才是真正的美。

另外，茶室中不論是武士或關白也與一般人無異，所以利休為此設計了「躙口」這樣一個需要躬身伏低才能進室的狹小入口。佩刀當然沒有辦法進入，所以就算是武士也要將刀解下才行。而利休的茶室又特別小，僅有二疊的空間。因為只有在狹小的空間，主人客人才能互相以真心相對。

利休將不必要之物省到一個極限，追求閑寂簡樸，所以對他來說，秀吉的黃金茶室就如文字一般，是與自己對立之物。

（豈有用黃金造茶室之理，我是做不來的。）

但利休不知如何拒絕，很傷腦筋。

（我原是應信長大人之邀成為茶頭的，不是秀吉。）

利休心裡對秀吉的嫌惡不斷擴大。

利休初次見到秀吉時，他的姓還不是羽柴而是木下，當時年輕的秀吉是個談到美就會肚子痛的鄉下武士。利休還深深記得秀吉被信長叫「喂！猴子」的情景。所以就算他成了關白，在利休心中某處秀吉也還是隻「猴子」。

（黃金茶室愚昧至極，是爆發驟貴的人對美所能想到的極限了吧。）

「秀吉大人，雖承您之言，您還是命他人建造吧。黃金茶室我是想也想不到的。」

利休盡力細心禮貌地回答。他無論如何都無法提起勁建造黃金茶室。

但是秀吉怎能應允呢？

「別這麼說利休。拜託你了天下第一茶人。天下第一茶人不造天下第一的茶室，那換誰來做？拜託了。」

秀吉對利休是自己屬下的這件事非常自豪。

（主人與客人在黃金茶室中是要如何維持平靜，面對面喝茶呢？）

利休內心無論如何都無法跨過黃金茶室與自己價值觀中間的那條溝。

這時有一人在旁冷靜地看著一切，此人便是石田三成。

石田三成十五歲開始跟隨秀吉，不時在秀吉邁向關白之路上支持著他。只要是為了秀吉，就算滿手沾血的事，他也能不吭一聲默默完成，可說是豐臣家屈指的才幹。

「利休大人怎能對關白大人如此說話。」

石田三成表情漠然地瞪著利休，毫無慈悲的眼神就像出鞘的太刀貫刺過來。利休很討厭三成。

「啊呀，石田大人，我是個茶人，和身為武家的您不同。這是關白殿下和我才知道的世界，請您忍耐些吧。」

利休此言諷刺，三成也怒了起來。

「你們倆都好了好了。」

在旁邊看著的秀吉見狀排解兩人，又向利休說道：

「總之拜託了，利休。」

利休雖不願意建造，但過了不久也完成黃金茶室，秀吉大喜。

不過茶室中一些地方都留下了利休的特色，這是被稱為天下第一茶人的實力。

第一，茶室可以分解移動組合。利休知道秀吉一定等不及要向人誇耀這樣的設計。

第二，茶室為三疊。雖是被黃金圍繞的茶室，只要空間狹小，主人與客人的心還是可以相通的。這一點利休十分堅持自己的主張。

當秀吉的天下漸漸穩固，能向他諫言的人就越來越少，只剩茶頭利休與加賀的前田利家等人還可以呈上忠言。

前田利家年輕時被叫做「槍之又左」，是閱戰無數的強者。他性急好爭又喜歡歌舞伎演員般的華麗裝扮，所以織田家的家臣都認為他是個異端。利家二十二歲時，因爭執殺了信長的茶坊主[7]而激怒信長，受到處罰被追放出織田家。因為秀吉也是出身百姓的「猴子」，所以兩人意氣相投，再加上他們的正室是一起喝茶的朋友，所以更促成了良好的關係。

和其他人一樣，利家也非常憧憬信長的茶道。這般看來，信長利用茶道的「茶道政策」，不但聚集人心也激起臣下的功名心，可說是非常有效的一步棋。

侍奉信長的年輕臣子，都夢想著有朝一日自己也可以獲賜接觸茶道。

但話說回來，利家被信長認可、獲賜接觸茶道後，才發現自己根本不會泡茶，所以偷偷請利休教他。利家雖給人歌舞伎演員的印象，但其實是個錚錚的漢子，泡起茶來不像弄槍時應手，時常灑了茶、掉了茶筅，動作一點也不優美。他雖喜愛新奇引人注目，但本性卻十分認真率直，所以利休從以前就對利家抱有好感。

對利家來說，在茶室學習點前等茶道動作和打仗沒有不同，他常說：

「沒有比認真拚出勝負更有趣的了。」

利家還有一點好，就是他有他自己貫徹的「美學」。

7 負責接待來客之職務者。

隨著年齡增長，利家也成了諸侯，漸漸從血氣方剛的「槍之又左」變成了「美的追求者」。利休認為這樣的利家十分有趣耐人尋味。

對利家來說，比起認識利休，池坊專好的花帶來更大的影響，甚至改變了他的人生。

專好的花在清洲城獲得信長的嘉許，當時利家等年輕家臣也在最後一排看著。翠綠的長青之松刻畫著悠久的時光躍動，枝梢伸向天際。盛開的菖蒲與松相對，謳歌轉瞬間的生命。還有彷彿停在松枝上的鷹。那天之後，利家還沒有看過一瓶花是超越它的。今天想起來，那天專好的花深深印在利家腦海，就像是揭著「天下布武」、馳騁於時代之中的信長一般。

在利家三十二歲繼承家督[8]的茶席上，他問了當時還是信長茶頭的利休一件事。

「八年前在清洲城看到的那瓶花至今我還沒法忘記。」

「呀，從人稱槍之又左的前田大人口中，真沒想到會聽到有關花的事哪。」

利休馬上知道了，利家說的是池坊專好的立花。

「宗易大人知道一位十分擅長插花，叫做池坊專好的僧人嗎？」

利休心想果然猜中了，便向利家高興地說：

「真不愧是前田大人，我也是深受那花吸引的其中一人。六角堂的專好大人是我立花的老師。專好大人插的花富有生命，我也因為想好好了解，所以才拜入門下的。這花哪，不是稍事學習就可以插的。現在專好大人的花恐怕比那

8 日本在父權制度下，家族中權力的領導者。

清洲城的花更勝數倍，他的花顛覆了從來同朋眾們以花裝飾客廳的概念。」

好像是向人誇耀自己弟弟一般，利休滿臉笑容地說著。

「啊呀，宗易大人那天也在清洲？這真是緣分呢。」

從那天起，兩人若是見面就一定提起專好。信長死後，那段還是初出茅廬時的回憶是如何也道不盡的。今天秀吉獲取了天下，兩人成為少數可以向秀吉進言而留在京都的人。

秀吉成為關白的那年秋天，利家久違地出席了利休的茶會。壁龕中插著樸素的龍膽，透露出漸濃的秋意。

利家說起了夏天時聽到的一件事。

「利休大人，我都聽說了，那『牽牛花』真是傑作哪。我聽到這事時想起了專好大人，其中是否有什麼關係呢？」

利休邊泡著茶微微笑了起來。

關白秀吉為了看盛開的牽牛花而造訪利休草庵一事，利家在本人面前高興地說著，宛如自己是當事人一樣。

秀吉聽到傳聞說利休庭中的牽牛花開得漂亮，所以便來造訪，滿懷期待進了庭院發現竟沒有一朵花。期待落空又懊惱的秀吉疑道：

「為什麼連一朵牽牛花都沒有？」

他拽著沒法接受的表情進入茶室之後，看到壁龕中插著一朵滿開的牽牛花。利休為了帶出壁龕這一朵牽牛花的極致，所以將庭中所有牽牛花都摘掉了。

「我可以想像個性偏激的秀吉大人，又是焦急狼狽又是歡喜的表情哪。」

利家很喜歡這個讓人舒暢的故事，而自己也想實際經歷。

利休接著說道：

「這牽牛花的事與我向專好大人學到的池坊之花的精神相通。池坊的教導裡有句『一朵可及數朵，數少卻深奧』。藉由精省到一個極限，可以增加生命的光輝。我們追求的最高目標竟然如此一致。若將事物削減至極限，此時的時間與空間都得以更加研磨澄澈。」

「說得真不錯。一朵花的生命哪，對您與專好大人來說，外表的光澤艷麗，可說皆不值一提吧。」

聽著利休的話，利家心裡想著：

（這若一不小心可是掉腦袋的事。利休大人對美的追求竟如此坦率哪。）

八

天正十五年（一五八七年）七月。秀吉終於平定九州，興高采烈地返京之後，在二條西洞院的妙顯寺城想了樁妙案。

「三成，三成在嗎？還有把利休也叫來。」

一會兒，三成與利休都到了。

「三成、利休，我有個妙案。聚樂第預定什麼時候完工？」

聚樂第是秀吉在過去平安時代皇宮的舊跡上建造的巨大宅邸，落成後將成為新的政治中心，他毫不吝惜地使用黃金，要建出一座壯大奢華的豪邸。

「預計在初秋完成。」

三成淡然地立刻回答了秀吉。

「好！十月一日到十日，我要在北野舉行大茶會。朝廷、貴族、武家、商人、百姓，不論什麼身分都可以參加，務必要越多人越好。利休，這就交給你辦了，你可以自由進行。」

利休知道秀吉想做什麼。他征討九州終於要獲取天下，便想給自己立一個好的評價，想要京都從貴族到百姓都稱他為「真不愧是取得天下的關白秀吉」。

利休並不討厭秀吉這個想法。因為秀吉不是生來就是武將，所以可以不計身分的隔閡，思考十分柔軟。信長認為茶道不是任何人都可以接觸的，而將其利用在政治上。但是秀吉卻允許一般人接觸茶道，希望藉此獲得人氣。

利休將這茶會取名「北野大茶會」，借了北野天滿宮的松原，並在街上設置宣傳看板，公布不論任何身分，只要是喜歡茶道的人，甚至是愛好風雅的中國人士都可以參加。喜歡茶道的可以帶著自己的茶碗，若沒有茶碗，用能代替茶碗的容器也可以。看板上還寫著秀吉將自己親自泡茶。

到了十月一日這天，天空萬里無雲，是舉辦戶外茶會的絕佳天氣。松原上設置了八百處茶席，與會者不光從京都，還有從大坂、堺、奈良等遠方而來，共聚集了一萬五千人。

茶會的首席茶頭是利休。遠地而來的人都希望一品聞名天下的第一茶人利休所泡的茶。利休也毫不厭煩一一泡茶招待。這個時代，茶道已擴展到商人階級，但茶會中也看到穿著粗陋的百姓和小孩混在商人之中排著長隊想喝到利休的茶。利休為許多貴族或諸侯泡茶，他獨特的美感吸引了出身高貴的人們，但此時，利休在戶外的茶會中也不計身分，愉快地為農民與農民的孩子泡茶。

「不愧是關白豐臣秀吉大人哪。從沒見過這樣大膽豪勢的茶會。」

聽到茶會的傳聞，專好與專武也來到了北野天滿宮。

在松原各處上設置的茶席已聚集了很多人，大家的臉上都是笑容。

「啊，看到了看到了。兄長，利休大人在那兒呢。」

專武在人牆後面蹦蹦地跳著說。

專好也跳了兩次看到確實是利休。利休四周被許多人圍著，正依序泡著茶。

「利休大人真不可思議。平時面對名震天下的諸侯非常嚴厲，一步也不退讓，但現在卻十分輕鬆，打從心底高興地為商人、農民泡茶。」

專好很欣賞這樣不擺架子的利休，自己也時常覺得應該要如此。

專好在京都雖是「插花名家」，但外表卻很普通，他若混在人群中，恐怕只有十分熟悉的人才認得出來。

「專武，雖然很想喝利休大人的茶，但看這群人是不可能了，我們走吧。」

「是啊，我們到那邊看看就回去吧。」

專武邊回答邊掉頭返回來時的路，這時卻聽見了從肚子深處發出的飽滿呼喚聲。

「喂～喂～」

這聲音聽來耳熟，兩人轉過身，看到利休正向他們揮著手，原來利休眼尖發現了兩人，所以出聲呼喊。兄弟倆也大大地揮手回應。

「真是歡迎。」

「啊呀，盛況空前真是恭喜您。」

專好衷心賀道。

「專好大人，正好，可不可以為我們展示一下池坊的立花呢？」

民眾騷動起來。站在最前面的女孩兒大聲說道：

「啊！是專好伯伯，是池坊專好伯伯。」

女孩兒原來是六角堂附近菓子店的女兒阿季，她從小每天早上都到六角堂拿剩下的花。

「啊，是阿季呀，妳也來啦。長這麼大了。」

「我也十一歲啦。專好伯伯您要插花嗎？插啦插啦，我最喜歡您的花了。」

專好傷腦筋地用右手摸著脖子。

緊接著阿季語落，一位初老的男性也說道：

「您是六角堂的池坊大人吧，我也想看看您的花呢。」

之後在場的人也你一言我一語地說了起來。

「真想看真想看，專好大人，請您插花給我們看看吧。」

「專好大人～」

在祭典的氣氛下，每個人都紛紛要求。

專好紅著臉，苦笑地望向專武。專武則高興笑了起來，敦促著專好道：

「看樣子只好從命了，兄長。」

專好從剛才就十分欽佩不論何種身分都泡茶招待的利休。在這樣的氣氛之中，他也不自覺想插起花來了。

「好，利休大人，我來試試吧。」

利休高興地點了點頭。

「真是對不起哪，但話說回來，這麼多人希望，也不好拒絕吧。」

「太好了太好了，專好伯伯加油。」

阿季鼓勵著專好，周圍的群眾也歡聲拍手。專武看此景，知道兄長的名聲已如此廣傳，很是感動。

花材也沒有太大的問題，只要在天滿宮取一些自生的花木添補就十分足夠了。當專好向幫忙收集花材的人說明取哪裡的松的哪條枝幹或哪裡的哪朵花時，觀眾們都大大吃了一驚。專好知道哪裡有哪種花，甚至還曉得其中哪根枝條適合取用。因為他已鍛鍊出可以時時找出好枝條的眼力，就連剛才走在茶會會場時也在觀察，並看中了好的材料。這已成了專好的習慣動作。

住在天滿宮附近的人提供了花器，是非常好的銅器。

「六角堂的專好大人要插花啦。」

傳聞一下就散了開來，不一會就聚集了好幾層的人牆。

用几台湊出的舞台上鋪了紅毯，花器花材也都到位，終於專好登場了。

對專好來說，像這樣在群眾面前插花也很稀奇，而且這裡的人幾乎都是第一次看到立花的插立過程。

專好對花器行了一禮，深深吸了一口氣，最先拿起了松枝。

北野天滿宮的松原吹著秋天澄澈的風，空氣凜然。觀眾都被適度的緊張感包圍。

專好如同平時一般將枝條舉起，像與松枝對話一樣轉著枝條並從各個方向觀察，一旦決定角度就以柴刀敲砍松枝的根部插入器中。當第一枝「真」的部分完成後就依序進行下個部分。

專好插作躍動如舞，整理枝條調整姿態，從手邊桶裡的枝條中選出適合的一枝，再減去多餘的枝葉，好似知道最終答案一般動作十分俐落。

專好著實精彩的手法吸引著眾人。對不知如何用花剪、鋸子與刨子等工具的人來說，光看就是驚奇連連。在這樣稀奇的光景中，群眾連連發出感嘆之聲。

「什麼這樣熱鬧？」

此時，前田利家碰巧走過這黑壓壓的人群。

「大人，這是六角大人，不，是六角堂的池坊專好大人在插花哪。」

人群中的一人說道。

「什麼，是專好大人嗎？」

利家伸長脖子望向人牆的那一側。

「喔喔，真的是專好大人哪。」

說到這兒，利家分開人牆，走到最前面，看到利休坐在那裡。

「啊呀，利休大人您也在哪。到底是哪位把專好大人拉了出來？」

利家小聲問著利休。利休笑了笑默默指了指自己。

不知從何處傳來了笛聲和鼓聲。好像哪兒有人在跳舞。

人群不知不覺越聚越多。後面有人拿著檯子墊腳，也有人爬到樹上，都想看專好插花。

利休專注看著專好插花，轉向利家說道：

「真是天賦之才。常人一見不過是雜然茂密的草木，他卻能從其中編織出美麗。這種美因為是生命的美、個性的美，所以與書或器物有著根本的不同。不是從無中造有，而是從有中生有哪。只要經過專好大人一碰，任何草木皆發出生命之光。甚至連枯去或生命即將結束的草木也是如此。不，應該說正因生命將盡，為了如實燃燒生命，草木才更激烈地發出光輝。池坊專好是真正的花人呀。」

專好用松、芒草、若松、龍柏、羊齒、撫子花、枇杷葉插立了寬六尺以上、深五尺、高十尺的大立花。最後將開始轉紅的紅葉長長地加在立花的左側，再慢慢觀看調整全體的姿態，最後向作品行了一禮。

此時圍在舞台四周的人群一齊站起，大聲叫好鼓掌。專好因為專注插花，並沒有注意到自己竟被這一大群人包圍，呆愣了一下。觀眾的喝采沒有停歇。

專好一改插花時的神情，恢復了平時垂目的臉，摸著頭像要掩蓋自己不好意思的表情一樣。觀眾看見此景就更大聲歡呼了起來。

「專好伯伯，讓這裡的人也看看您的花吧。」

阿季說道。這十一歲的女孩兒也知道立花是要從正面觀看的。

「知道了，我照順序把正面轉向各位。」

弟弟專武代專好答道，扶轉著花器展示給周圍的觀眾。當花的正面轉到哪個方向，那方向的觀眾就是一陣歡呼。

利休走向專好。站在人群中，利休的身高非常顯眼。

「專好大人，請原諒我突然的無理請求，但您看看，觀眾都十分高興。不論身分，大家都醉心於您的花呢。」

「啊呀，利休大人，是託花材的福。想不到竟聚集了這樣多的人，我都緊張起來了。」

專好一直都是謙虛率直的。不一會，北野天滿宮的神官找到專武，原來是希望花可以供在本殿之中。

「專武，我沒有意見，就讓花供在殿中如何？」

專武大大地點了頭，開始向神官們說明起來。

品嚐利休的茶，欣賞專好的花。京都的民眾深深為兩位天才的競演所吸引。歡呼沒有停止的樣子。前田利家坐在稍遠的地方，看著這般情景，兩眼流下淚來。

一場接著一場的戰爭，到目前為止流了多少血。自己也在生死之間無我般地奔跑、揮動長槍並掙扎地活了下來，但卻也殺了很多沒有罪孽的人。

這是什麼呢？這場宴會中，朝廷貴族、武家、商人、百姓，每個人都可以品茶觀花，彷彿太平之世已然到來，在這京中、在自己眼前呈現。

「戰亂之世就要結束了，信長大人。」

望向秋天晴朗的天空，利家靜靜地希望今天的茶會能持續到永遠。

然而，預計舉辦十天的茶會卻突然一天就告終了。當然下決定的是秀吉。

大茶會初日，秀吉一早就十分來勁。除了在茶會上展示許多引以為傲的茶道具，甚至將黃金茶室送進了北野天滿宮的本殿中。茶會的參加者驚訝地看著燦煌的茶室，感嘆不止。秀吉躲在柱子後面偷看此景，說道：

「三成，看見了嗎？京中的商人百姓都吃驚啦，啊呀，再更吃驚呀，稱讚秀吉大人真不愧是關白，然後傳聞出去讓人更加讚嘆說，真不愧是關白秀吉大人哪。」

秀吉心情大好，也親自泡茶招待民眾。到了下午，秀吉散步觀看各處戶外的茶席。為了不引人注意，他扮成茶人，只帶著石田三成與幾名隨從。信長過去曾在京都舉辦馬匹隊伍閱兵，那勇壯的情景叫京都民眾都沸騰起來。秀吉想以自己的方法獲取京都民眾的心，也想要親眼確認。

秋季天空晴朗。對秀吉來說戰爭總是多雨，但今天卻晴朗無比，為此就更覺舒服了。

戶外茶席無論身分，每個人都高興地喝著茶。

（很高興吧。京都的人們都在享受我辦的茶會呢。）

秀吉邊走邊這樣想著。

此時，他看到一大群人聚在一處，那是利休茶席的所在。許多人圍著利休，利休笑著。那是打從心底高興的笑臉。

（利休竟也會這樣笑哪。）

秀吉看著愉快的利休十分訝異。

「哦，真不愧是天下第一的茶人，真有人氣哪。」

他嘴裡是這麼說，但三成卻查知了秀吉的內心。三成像是在試探秀吉的想法般說道：

「是哪，我也是第一次看到利休大人這樣笑。」

「嗯。」

秀吉點頭，摸了摸鬍子。

三成討厭利休，但利休因身為茶頭與諸侯都有深交，一些諸侯甚至還是利休的弟子，聽從他的指導。經過建造黃金茶室一事不說，三成就看不慣利休將關白秀吉當成傻瓜般的言行態度。總而言之，三成忌妒秀吉對利休的抬舉。

（今天茶會的主角可是關白秀吉大人。）

三成怒火中燒，忍不住如此道：

「這笑臉，好像自己是茶會的主人一樣！」

秀吉摸著鬍子，深深吐了一口氣。

「說起來，利休在平時也藐視秀吉大人。」

此時，三位衣著漂亮的年輕姑娘走過秀吉身邊，三人的聲音傳到了秀吉耳中。而緊靠著三人一同前行的還有阿季。

「欸，看了關白大人的黃金茶室了嗎？」

「看了看了，但是真不知哪兒好。」

瞬時，三成的眼睛一亮，欲將手伸向姑娘們的肩頭，但秀吉卻抓住了三成的手，向他搖了搖頭。

姑娘們繼續說著。

「比較起來，利休大人還更好呢。茶也好喝。是京都的品味。」

「是啊是啊，關白大人的那間黃金茶室，簡直是鄉下人。」

「對對，真沒有品味。」

「關白大人是隻猴子嘛。」

「哈哈哈哈。」

三成窺了窺旁邊秀吉的臉，他右邊臉頰的肉微微地跳著。秀吉豎起耳朵，拼命不聽漏一句姑娘們說的話。

「真的真的，是猴子猴子。」

最年長的那姑娘模仿著猴子的臉，引著其他三人發笑。

（可不能再聽下去了。）

三成如此直覺，便小聲向秀吉說道「請走吧」，促著秀吉離開。但在此同時，阿季說了：

「我忘也忘不了，利休大人的茶與專好伯伯的花，真是太好太好了。」

秀吉聽言，臉上的肉抽搐得更厲害了，他額上浮出的血管，證明了怒氣已衝上頭頂。這是極限了。秀吉兩手握住扇子，一折兩斷。

「專好的花？專好是什麼人？」

秀吉用氣極顫抖的聲音喃喃說道。

「惶恐，此人應是下京六角堂的住持，池坊專好。」

回答的是此日恰巧擔任秀吉警護的下京監警林田新兵衛。這男子人相無品，無時不在謀取出世的機會，周圍的人對他的評價都不佳。

「說到六角堂，確實是插花的寺院。」

「是，每朝都有許多百姓前往觀看插花。」

「…………」

秀吉摸著鬍子，不斷舔著下唇，充血的眼睛瞪著人牆裡的利休。過了一會，開口說道：

「三成哪。」

「是。」

「不辦了，茶會到今天為止。」

「是，您說什麼？」

三成對秀吉出乎意料的話，懷疑自己聽錯。

秀吉的臉越來越紅，額頭上又浮出了幾條血管。

「不辦不辦！氣死我了，我說全都給我取消！」

他邊說邊踢飛了腳邊的幾根松木。

「是是。」

三成接令慌忙離開。

（事情大了，事情大了。）

他邊想卻掩不掉嘴角的笑。

（這個利休，你自掘墳墓了。）

炎熱的夏日結束，京都的秋意一天一天更深了，冷徹心肺的嚴冬也逐漸接近。三成抬頭望向轉成黃色或紅色、終將葉落的樹梢想著：

（青綠茂盛的葉也終會落下。）

秀吉與利休的良好關係也迎來了終焉。

九

北野大茶會之後，利休更在茶道的路上繼續摸索探究。

他的茶室變得更狹小，茶道具更簡樸，而茶碗也喜歡用質地如土般粗曠的黑樂茶碗。利休的茶越來越樸素沉靜，進化到一個誰都無法追隨的境界。

將多餘減到一個極致，才能看到真切，利休繼續著他的思想與追求。

早晨的六角堂聚集了許多聽了大茶會評價慕名而來的人。京都的傳聞總是飛快。「這裡就是傳聞中池坊專好大人所在的六角堂哪」，聽到花的評價專程從遠地來的也大有人在。

「兄長，今天也從一早就聚集了大批民眾。」

專武數著寺中的人，大約超過百人左右。

「不是為了西國靈場巡禮，我看是為了兄長您的花。」

「哦，這不是很好嗎？大家願意前來，真是感激呢。」

專好這樣說著，便和平時一樣在本堂插著花。雖然背後有群眾圍觀，但只要面對著花，他便不會在意。注意力能夠如此集中，證明了專好心中完全沒有虛榮，而是以無欲無心的狀態與花相對。從北野大茶會時利休的舉止得來的經驗，使專好飛躍成長。

天正十七年（一五八九年），秀吉的側室淀夫人為秀吉生下嫡子鶴松。秀吉老來得子，非常高興。

當時，秀吉部下的諸侯，默默開始了權力鬥爭。大致上可分成德川家康一派與石田三成一派。

而利休就身處這漩渦之中。得到秀吉信任的利休早已超出茶道師匠的範圍，對政治也有很大的影響力。藉由茶道與各諸侯的交流，在某種意義上也可說是政治情報的交換。秀吉的意思藉由利休在茶席上傳達給諸侯們，而諸侯透過利休對秀吉轉述陳情之事也屢見不鮮。

如此一來，利休的發言便十分重要。對石田三成的親信們來說，獨一無二並且可以對秀吉表示意見的利休是個危險的存在。這是因為三成一派認為利休給諸侯們出主意，並計畫拉攏有力諸侯的緣故。

（身為一名小小的茶頭居然敢……）

但利休本人卻根本沒有這樣的念頭，只希望專注於茶道而已。他內心也曾想過要辭去秀吉的茶頭退隱。而這退隱的念頭不是只有因為對茶道的專注，還有與秀吉之間產生的摩擦。

秀吉性格自私，不時生氣爆發。但他對美的感覺卻十分率直，對利休創造出的美也毫不做作地去感受，最後也時常誇讚利休，並側耳傾聽利休的陳言。不過，北野大茶會後，秀吉的態度就變了，所有關於利休或出自利休的話，他一概不應。而利休也覺得這沒有什麼。

（秀吉大人終究還是不了解哪。）

隔年，朝著統一天下的目標，秀吉開始進攻關東北條氏的居城小田原城。在小田原城之役前，發生了一樁事件。

秀吉在戰前因靜不下來所以到了利休的茶室，想要喝茶。

利休一如往常流暢地泡茶，接著將盛茶的黑樂茶碗遞到了秀吉面前。

這一點激怒了秀吉。

「這傢伙，做了這麼多年我的茶頭，居然不知道主君我的喜好？」

利休沒有回答。

秀吉再說道：

「回話啊利休。我的黃金茶室和你的草庵茶室，那個美？說！」

這是二人決裂關鍵的一句。

在利休心中，與秀吉是主僕關係的意識其實十分稀薄。在那個時代，通常被主君這麼一問，都應該將主君放在第一，先謝罪才是。

但利休不道歉，甚至一點也不覺驚訝或恐懼，眉眼不為所動。

對無視自己的利休，秀吉再問了一次。

「我的茶室和你的茶室，那個美？利休，說！」

秀吉雙目充血，臉上表情彷彿要即刻斬殺眼前之人。同席的軍師黑田官兵衛慌忙向利休說道：

「利休大人，快些謝罪哪。」

利休也知道，只要道歉，秀吉應會原諒自己。但他沒有道歉。

利休直視著水滾的茶釜，持續沉默。只有水沸的聲響迴盪在茶室中。秀吉咻地站起。

「利休，你的茶寒酸之至。」

秀吉喃喃言道便出了茶室。在拉門後候著的石田三成也站了起來看著利休。而利休還是盯著茶釜。三成的嘴角笑了笑，邁步追著秀吉之後而去。

秀吉為攻取小田原，將本陣設在箱根湯本的早雲寺。

這早雲寺中有一位名為山上宗二的茶人，與利休同樣是出身於堺。宗二是利休的高徒，過去一段時期也當過秀吉的茶頭。宗二的個性是想到什麼不加修飾全都直話直說。他因為批評當時作為社交手段十分流行的茶道「非為茶之道」，向秀吉進言卻招來秀吉的怒氣而被逐出京都成為浪人。之後來到小田原跟隨北條氏，並在此一帶推廣茶道。

為了進攻小田原，秀吉與利休來到早雲寺。宗二為見利休一面，不顧危險躲開包圍，終於見到了利休。

利休十分高興，說了許多長年累積的話。不知是否因為談起從前，激起了懷念，宗二向利休提出想見一見過去的主君秀吉。當時，突然的謁見當然是不可能的，但利休替宗二辦到了。

秀吉見到了宗二也很高興，特別辦起了茶會。秀吉心情非常好，讓過去的事付諸流水，提起了想再次登用宗二。

不過，宗二對追隨過的北條幻庵有義理，到最後都不肯接受秀吉的錄用。秀吉發怒罵道「你就這麼厭惡我嗎」，當天便削去宗二的耳鼻，將其斬首。先前還和自己說著話的弟子，就這麼死了。利休大受打擊，覺得都是自己的責任。

（如果我不安排和秀吉見面的話，宗二就不會死了。）

利休心中有了自戒之意。

過了一些時日，秀吉出兵小田原，命令帶上利休出陣，利休雖提出辭退但當然沒有獲得允許。戰場生殺的每一天對利休來說都十分難熬。

七月五日，小田原之役決定了勝敗，此戰的結束意味著秀吉一統天下。終可歸京的利休心中也許久沒有這樣晴朗了。

（真想見見專好大人，真想看看專好大人插的花。）

利休心裡這麼期待著。

利休回到聚樂第前先去了六角堂。此時剛好過了正午。

（多久沒來了呢？）

進了六角堂的山門，六角柳迎接著長旅疲憊的利休，濃綠長垂的枝葉隨著初夏的風輕飄著。此景和從前一樣都沒有改變。時節已能聽到蟬聲了。

利休向本堂走去。

本堂裡供著專好今天插的花。利休擦乾脖子上的汗，正了正衣襟，吸了口氣向花望去。

「啊啊……」

他發出感嘆之聲。

（專好大人，您真是了不起哪……）

此立花之「真」用了柳枝，彷彿吸滿了初夏的氛圍，彈跳躍動，作品有著專好的風格。

利休想起以前專好說過的話：

「辛苦難過的時候，花默默在身邊。草木一旦落根就無法移動，無論雨淋風吹絲毫不動，只能在命運注定的場所拼命生長，所以草木都鼓起勁伸展枝梢，想要活下去。這姿態讓人感動，也帶給我們勇氣。」

（真想像花一樣直伸，不屈服自己的信念而活哪。您說是吧，專好大人。）

利休這麼想無疑是因為秀吉的壓力。

但是看到花，彷若從花獲得了力量，他覺得身體中又恢復了精神。

正當利休要離開六角堂時，從以前和專好練習插花的道場傳來了令人懷念的聲音。

「阿民在哪？阿民？」

聲音慌慌張張的。遠處傳來了阿民的回應。

「阿民，豐重這小子還沒回來，插花的練習都要開始了，真是不能饒了這小子。」

專好的兒子豐重已經十五歲了。想必他正在訓練兒子僧侶的修行與插花的修練吧。

想不到專好在家也是個因孩子調皮而傷透腦筋的父親呢。利休腦中浮現了專好垂目和氣的笑臉。他想見見專好，想必專好見到自己也會很高興吧。但是利休壓抑住這個心情。

（專好大人，抱歉，如在這兒見面，或許會害您捲入一些麻煩。）

利休的擔憂是正確的。從小田原就有三成的人暗中跟著，入京後監譽林田新兵衛也躲在暗處看著利休的一舉一動。

利休努力想要忘了在小田原所發生的事。但那段記憶卻以最糟糕的形式又被帶到利休眼前。原來，小田原之役時的陣營早雲寺被秀吉放火燒光，寺寶皆被掠奪至京。聽到這個消息，利休感到噁心，沒有辦法壓抑自己對秀吉加深的嫌惡。

天正十八年（一五九〇年）年末，兩樁嫌疑突然降到利休頭上。一件是超過一年以前的事了。受利休捐贈私財的大德寺山門上放著一尊利休的木像，這木像現在成了一個問題，使利休受到彈劾。穿著雪屐放在山門上的木像，就好像踩著從山門底下經過的關白大人與敕使，這是犯了謀逆。但放這木像的不是利休而是大德寺，可說是欲加之罪。

另一樁則是利休被控買賣茶器獲取不當利益。這也成了一個問題。

（這是石田三成設計的吧。）

利休這麼想，但他卻不申辯。

因為他覺得自己清清白白，若慌忙開脫，反顯奇怪，況且任誰一看也知道這是栽贓嫁禍。

謠言也傳到了專好耳中。

（利休大人斷不可能如此，一定是什麼誤解，不一會兒一定會澄清的。）

專好相信利休。人們在傳這是關白秀吉為了扳倒利休，所以才尋這些無憑無據的事要陷害他。

「兄長，利休大人會沒事吧？我聽說這爭執的對象是關白大人和石田大人，總有不好的預感哪。」

專武不安地說道。確實，今天若與此二人為敵，怕真是沒法保命了。

「不要緊的。利休大人有這麼些諸侯弟子，一定會幫他的，沒事的。」

（不向關白大人道歉，這真像他的為人，但利休大人，若真死了就什麼都沒了哪。）

專好只能插花，以自己能做的事為利休向觀音供花祈禱，每天每朝盡自己渾身之力毫不間斷，但情況並沒有好轉。

（我的花也無能為力了嗎？利休大人。）

什麼忙都幫不上，專好十分焦急。

細川忠興等數名諸侯是利休的弟子，十分敬愛自己的老師。他們前來晉見秀吉。

「關白殿下，請饒恕利休大人吧，大人不是這樣的人，這您也是知道的呀。」

但秀吉一旦話說出口就沒人勸得住，何況若眾人皆為利休求情，說利休沒有不是的話，秀吉倔起脾氣，心情更壞就不好了。這時的秀吉在眾人眼中已是個發起怒來不知會說什麼、做什麼的恐怖人物。如果還對此事咬住不放，下一個遭殃的恐怕就是自己。再加上，背後操線設計的很明顯就是石田三成。

「三成這傢伙居然蹬鼻子上臉來了。」

為利休求情的武將們感到一陣不可言喻的失望，而同時也更加深了對石田三成的不信與憎恨。

十

天正十九年（一五九一年）正月。這年的正月比往常還冷。

京都的嚴寒從腳底直鑽入心。因為秀吉統一天下和推動創造新京都的活力，大街小巷在源源不絕的熱鬧氣氛中迎來了新年。

很多新年的香客到了六角堂。在下京地區，大部分的香客除了去東山的祇園社，就是到六角堂參拜。今年更是特別，因為專好的人氣，所以香客絡繹不絕。

但對專好來說，這是個氣氛凝重的正月。

（只要利休大人的嫌疑沒有洗清，我就沒有新年。）

他從這個正月開始戒了最喜歡的甜食。想著深受嫌疑所苦的利休，默默插著花。而將一切看在眼裡的專武也把自己喜歡的東西戒了。

（我也戒到利休大人沒事之後。）

但專好覺得利休是不會道歉的。對自己的美這樣堅持之人，怎麼可能為此折腰呢？只有相信得救的奇蹟發生了。

前田利家抱著一絲期待，希望新年之後，利休的想法會有所改變而造訪了利休的住處。

利休的茶室已先弄暖，所以利家抵達時，室中已十分溫暖。利家進到茶室與利休對坐，他探出身來向利休這麼說：

「利休大人，總而言之，向關白大人道個歉吧。只要道個歉就好，這樣關白大人一定會原諒您的，只是這樣而已。關白大人最近是太執拗，但您不必把命都賠了上去，死了就什麼都沒有了哪。」

利休淡淡泡著茶，向利家說道：

「前田大人，很高興您如此擔心我，但我什麼也沒有做，什麼也沒做卻要道歉，這不是於理不通嗎？再說……」

利休按著規矩倒茶入碗，將樸質的黑樂茶碗遞向利家。

「揮舞著權力，什麼都用權力制壓，我怎麼也無法認同這樣的秀吉大人，前田大人您也知道大坂城的黃金茶室？」

「當然知道。那是象徵關白秀吉大人的茶室。」

「那樣強調自身權力的茶室，已然失去茶道的本質了。」

利休十分嚴肅。利家看著利休與平時不同，不禁困惑起來。利休語氣漸漸激昂道：

「那若是秀吉大人認為的美，那麼便與我追求的美大相逕庭。我不需要華麗裝飾和驕傲自滿，因為越是精簡，最重要的東西就越能顯現出來。」

利家默默點了頭。

「您終究還是與秀吉大人不相容。」

利休遞出茶輕輕行了一禮後就立刻轉向正面，並深深嘆了一口氣。利家拿起茶碗，彷彿要確認溫度一般，用他的大掌將茶碗包起。利休繼續說道：

「我認為我與秀吉大人追求的是不同的美，這也是可以的，畢竟人皆不同。但是，秀吉大人卻傲慢地強迫人遵從他的『美』，全然否定了我。」

他深深吐了又吸了口氣：

「若在此時道歉，我便不再是我，我的美與茶道會遭致否定，也代表我承認這項否定。所以我無法道歉。」

利休話說至此沉默下來。他極盡忍著這些積累的情緒，利家也看到了他肩頭微微發抖，最後沒有再說什麼便告辭離去。

「利休大人，這次您為守護您創造出的美而不惜賭命一戰。這是與天下的關白秀吉大人一對一之戰哪。」

數日後，秀吉命令將利休禁足於堺。

天正十九年（一五九一年）二月十三日早晨，利休要出發到堺，妻子宗恩隨行。利休跟隨信長時與宗恩再婚，她是最了解利休茶道的人。

「宗恩哪，我有東西要給妳看看。」

「是什麼呢？」

二人結為夫妻已二十年，其中風風雨雨，不能說過得平穩。丈夫追求探究美，宗恩的人生自然多有忍讓，但正因如此兩人才更了解彼此。利休雖不言語，宗恩也能知曉。

（他已覺悟赴死。）

宗恩知道利休決不會向秀吉道歉，所以她什麼也不說，說了反倒會讓利休更困擾。

利休對三成派出的監視人說道：

「離京前，我希望參拜六角堂的觀音菩薩。」

宗恩聽言溫柔笑說：

「是您曾提過的池坊專好大人的花吧。」

專好一早就到六角堂本堂插花。這天也十分寒冷。

專武得了風寒正睡著，這天只有專好一人在堂中。寺院冷風呼嘯，寒冷中，一早仍聚集了許多香客與看花的民眾，十分熱鬧。

專好搓了搓凍僵的手，開始插起花來。立了一枝便搓起手，然後對兩手呵口氣再拿起花剪。六角堂池中都結起了薄冰，可以想像天氣是多麼寒冷。

利休從六角小路進了山門，向本堂走來。

站在本堂正面，看到專好的背影，利休靜靜觀望了一會兒。高大的利休身旁站著嬌小的宗恩，也在看著專好。

專好與平時一樣，將枝條高舉，毫不遲疑剪去多餘的枝葉，插立於瓶中。

（果然極具眼力哪，在我看來不過是雜木，但其中飽涵的生命之美，這位卻看得真真切切。）

利休表情溫和，宗恩窺了窺利休心想：

（在家時明明一直都是嚴肅的表情……）

宗恩直率地覺得不甘心，但又十分高興。丈夫完全知道什麼是美，但現在正接觸著與茶道不同的花之美。這溫和的笑容恐怕是因為看見了自己無法創造的美所致吧。利休身為茶人，一點也不為旁物所動搖，而現在，眼前出現了可以讓自己如此憧憬的人物，這是多麼高興的事哪。

專好今天的立花，以梅為「真」，嫩枝依著氣勢直伸。正當作品接近完成時，他突然不動了。好像是在猶豫是否要剪去這枝嫩枝。

利休笑了笑。

（專好大人也有猶豫的時候哪。）

專好抱着胳膊扭著頭，在想是剪還是不剪。但當他彎腰要剪去這枝條時，宗恩出聲道：

「別剪別剪！」

利休皺了皺眉，專好被聲音嚇了一跳望向這裡。他在人群中看到了笑容和藹、身材高大的利休。

「專好大人許久不見。您的立花不論什麼時候看都十分精彩哪。」

「利休大人！」

專好不由自主站了起來。

（啊啊，利休大人來了。）

利休的表情和從前一點也沒變，而在利休身邊，宗恩紅著臉頻頻低下頭來。

專好快速收拾整理後出了本堂，冷風繞著他吹著。

「利休大人，我嚇了一跳。我聽到那嫌疑的謠傳，您真受苦了……」

突然見到這幾個月一直擔心的人，專好沒法好好說話。看到利休沒事，本人和從前一樣站在自己面前，也有些呆了。

「專好大人，嚇您一跳真是對不起，這是內人宗恩。」

利休輕輕拍了拍宗恩的肩膀，催促她問候。

「別在外頭說話，我們進屋吧。」

專好領兩人進了道場，這是從前和利休桌併桌，一同努力練花，充滿回憶的地方。

專好讓利休坐在過去他常坐的拉門旁。利休和宗恩慢慢看著四周，而專好則默默看了看利休的表情。利休充滿懷念地望著細長的道場。

兩人不言語，只是靜默著。利休看上去雖然沒變，但仔細觀來，因為太過煩苦，他的眼下都黑了一圈。

利休靜靜開口道：

「我將要途經伏見到堺去了，這是禁足的命令。」

利休靜靜但清楚地說道。專好察覺出他的覺悟，今天或許是最後一次見面了，想到利休在剩餘有限的生命中仍前來相見，專好心中好似碾碎一般。

「我了解宗恩夫人希望我不要剪斷梅花嫩枝的理由。」

想必在宗恩夫人的心中，將利休往後的結局與剪斷枝條的酸苦重合在一起了吧。專好心中一熱。

「利休大人，您不能向關白大人道歉嗎？」

雖知不可能，但還是要說，同樣是追求探究美的人，要專好對利休提言屈就自己的信念去折腰道歉也是難事，就算是自己也做不到。但只要道歉就可以救命，沒有什麼事需要賭上性命，這次的妥協是說得過去的。

「專好大人，您的心情我非常感激。但這場仗，我說什麼都不能輸。」

利休一滴淚落到緊握著的拳頭上。

在沉默中，專好想起了清洲城初次見面的往事。當自己陷於驕傲時，他都會想起清洲城中利休說過的話引以自戒。利休對自己來說是重要的存在，看到他落下淚來，專好感到無法言喻的憤怒與不合理。對秀吉的怒火沸沸湧起。

「利休大人您不是一個人，我也在，我也與您並肩而戰。」

靜悄悄的道場中兩人靜靜地對面。宗恩緊咬著下唇。

此時，六角堂告知下京一帶午時已到的鐘聲響起。

「利休大人，請您啟程吧。」

監視者向利休說道。

專好領著利休與宗恩再來到了本堂前，三人一同眺望著花。專好期待利休看著滿溢生命感的花朵，想法會有所改變，但利休反而以絲毫不混濁的眼光凝視，看到這樣的側臉，專好知道他已有覺悟。正當專好這樣想著，利休開口說道：

「專好大人，剛才最後的那一枝，請您還是不要剪，留著吧。」

他是說宗恩希望別剪的那一枝。利休柔和地看著宗恩，宗恩臊著低下了頭。

專好心想，利休的人生無時不在追求美，而宗恩緊緊相隨，這是他對她的致謝。

「我知道了，我會留下的。」

專好回道。監視者為催促利休走了過來。利休看時間不多要向專好道別，但專好卻大聲遮掩了利休的聲音，說道：

「那麼利休大人，再和大家一起練習立花吧。到時我會為您準備最好的一枝松的。」

想起那練習時爭奪松枝的寒冬，利休的嘴角稍緩。

「好！專好大人，我一定來，到時一定不輸您。」

利休抬頭看著雲層中照射出的冬陽，這麼說著。

利休與宗恩輕輕行了一禮，向山門走去。望著高大的利休與嬌小的宗恩並肩而行，專好流下淚來。

「利休大人……」

專好望向利休剛才眺望的天空，厚雲開始散去，青天露臉。春天已然來到。

（利休大人，您不是一個人，我也在，我也要奮戰。）

二月二十五日，大德寺山門上的利休木像被曝曬在一條戾橋的橋頭。這是秀吉對利休發出「若不遵從就是如此下場」的警告。傳聞四散，京都瀰漫著不安的氣息。

接下來的二月二十八日，前一天起就下起大雨颳起大風。利休宅院四周包圍著數千名警兵，這是為了防止諸侯們前來救助利休。

利休接到命令，從堺回到京都。現在他在自宅的茶室中。壁龕裡的古器插著茶花。

利休平時重視花蕾，他和專好一樣十分喜歡花蕾。因為花蕾給人「明日綻放」的希望。滿開的花剩下的只有凋謝，而結了果實則代表終結。

（專好大人，若是您會怎麼做呢？）

利休邊將茶花放入器中，邊想起在清洲城遇上專好、奪取松枝練習的日子與北野大茶會中精彩的即興之花。茶道與花的世界雖然不同，但可以一同言歡談論美，利休非常感激。

（專好大人，我真想再一次看看您的立花哪……）

秀吉派來的使者到了茶室。

「利休大人，時候到了。」

利休為這名使者仔細地泡了茶。

使者喝了茶，沒有說一句話，但臉上落下一行淚，利休覺得欣慰。使者見到壁龕中插著滿開的白茶花。

「那麼我們走吧。」

利休站起，出了茶室。此時又回頭一望，確認室中的擺設，如同確認自己一路走來的茶之道。

（我雖殞命，但我的美決不會消失，永遠不會。）

他如此想後切腹自盡。

利休不顧多名武將的懇勸，到最後也堅不道歉而赴死，他向世間表示了他不認同秀吉的美，也斥責秀吉的傲慢。此時的京都像是哀悼利休之死，降下了雷電與冰雹，喜愛茶道、追求美之人皆泣聲不已。

切腹之後，利休的頭被曝曬在一條戻橋，這是秀吉的命令。

聽到傳聞，專好命弟子攜著花籠，自己急急奔向一條戻橋。這天京都下著冰冷的雨。稱不上寬廣的堀川河畔已聚集了許多人，人們口誦經文，憑弔茶人的無念之死。

專好上氣不接下氣地跑著，他無法不跑，他想藉著在雨中拼命奔跑消去心中的痛苦。想起利休最後造訪六角堂時流下的淚，著實感到利休的冤。

終於看到橋頭的人群了。專好在人牆前停了下來，他氣息紊亂，用肩膀幫著呼吸，腹部疼痛，濕透了的衣服上冒著白煙。在場的人看到此僧，口中紛紛喃喃不已。專好調整呼吸，望著降雨的天空，天空模糊不清，是雨還是淚呢？

這時年輕的弟子們才趕到。

「好。」

專好輕聲道，撥開群眾向前而去，到了前方，他看到了一生無法忘卻的光景。使利休背負嫌疑的大德寺山門金毛閣上的利休木像被釘在木柱上，千刀萬剮，而利休的頭則被踏在木像的腳下曝曬著。

「利休大人……」

專好站不起來，當場崩跪下去，雙膝著地，忘了自己是僧侶，是六角堂的住持，大聲號泣起來。眾人看了，有嚇得後退的，也有景仰利休的人因專好的悲傷而忍不住哭了出來。

不斷落下的雨，洗去了滿溢的淚水，哭了一會兒，專好穩了下來。不，不是。他壓抑著悲傷，憤怒從中湧現。專好爬向利休的頭說道：

「利休大人，您一定很冤哪。」

說著就將白布蓋上利休被曝曬的頭顱。雖然很有可能被在旁的警兵制止，但專好還是要做。白布蓋好後，他才算安靜下來，對秀吉激烈的怒氣也一時鎮下。專好在白布前合掌。

（利休大人，您這仗打得好。）

用誰也聽不見的聲音，專好喃喃說道。他取出竹花器，放在白布前。

（利休大人，您雖死，但您的茶之道還有您創造的美將成為永恆。這場仗，是利休大人您大獲全勝。）

專好將六角堂早開的一枝櫻花插在竹器中。他希望已昇天的利休可以看到，所以選了在寒冬中拼命積存力量、枝梢高伸天際的一枝櫻花。

當櫻花插立於花器時，不意中，下個不停的寒雨已歇。

櫻枝上膨鼓的花蕾帶著滿滿的希望，而今朝綻放的一朵櫻花正在枝梢上仰頭含笑。

十一

天正十九年（一五九一年）春，春日晴朗的藍天持續了好幾日，東山連峰的山麓都染上了櫻色。

利休切腹之事一下就傳遍了京都，街上人們都說「激怒了關白秀吉，利休大人真是可憐」。

「啊啊，今天也沒有花呀。」

每天都來六角堂參拜的十一屋吉右衛門這天也失望地返家。本堂中雖供奉著槖草，但卻沒有專好的花，這已經持續好些日子了。

「專好大人到底怎麼了呢……」

利休逝世已過了一個半月。對專好來說，這段時期是人生的最低谷。人生中第一次失去了插花的力氣。不僅如此，做什麼都提不起勁。住持的工作委託他人，若有來客也以身體不適為由謝絕見面，飯也沒有好好地吃。專好幾乎不說話，鬱悶地度過每一天。

看得出利休的死對他有極深的影響。

那天在堀川一條戻橋河畔向利休的亡首供上櫻枝後，專好就沒有辦法再拿起花剪了。因為插花時只要一想起利休的冤，便怎麼也無法剪下花草。以吉右衛門為首，每天期待專好插花的民眾們在冀望之外實在是擔心。而專好雖無法明講，但他自己也知道給家人與身邊的人帶來很大的痛苦。然而手就是沒辦法動。因為利休的死，支持專好的大柱已折斷倒下。

眼凹了，臉也瘦了，本來就纖瘦的專好顯得更加弱小。轉眼間，已到了利休的斷七之日。

這是斷七隔天的事。六角堂寺中有自古供奉聖德太子二歲像的太子堂，雖是簡樸的寺堂，但因對聖德太子的信仰，參拜者眾。此日早晨朝霧尚未散去之時，太子堂前便聚集了許多人，漸漸地人越來越多。最早發現這情景的是專武。

「兄長，太子堂前聚集了許多下京的民眾，是有什麼事嗎？」

「有什麼事呢？」

專好也不知。

之後人還是越聚越多。專武從寺坊看出去，除了商人外，農民、僧侶和武家的人也聚集一起。其中還有人帶著大包的行李，或穿著中國的衣服，小孩也不少。時間還未到中午，竟聚集了有三百多人，而且還在增加。人群從太子堂一直延伸到本堂前面來了。

專武前往一探究竟，一半驚訝一半奇怪地回來，

「兄長，招集人群的好像是三條室町的十一屋吉右衛門先生。」

「啊啊，是吉右衛門哪。他在搞什麼名堂呢？」

「他說想見您。要見他嗎？」

專武暗暗高興地說道。

「沒辦法哪，不想見。」

專好冷冷地說道，專武為了告訴吉右衛門，愁著臉走出寺坊。但外邊的嘈雜聲沒有停止，反倒更大了。終於，吉右衛門的聲音傳進了寺坊。

「專好大人，我們知道您在。請您出來好嗎？」

「真傷腦筋哪。」

專好說著便出了寺坊。

當寺坊的門一開專好現身後，原本嘈雜的民眾一瞬間突然安靜了下來。專好覺得有點奇怪，看向民眾，這一個個人都好像在哪兒見過。

吉右衛門走近專好，

「專好大人，您的心情我們都知道，利休大人確實冤枉。」

吉右衛門表情沉靜，他這麼一說群眾裡許多人便閉上眼，俯身默禱。

專好突然見到此景，他想不到吉右衛門會這樣說。

「我們也很傷心哪，專好大人。」

不知是誰大聲喊道。吉右衛門咳了一聲，接著說：

「專好大人的感受，您沒有插花的心情，也沒有精神，我們都能體會。」

說到這裡，吉右衛門再吸了一口氣，擦擦額頭上的汗。

專好終於明白了，

（這些都是時常來六角堂看花的人哪。）

大家都穿得比平時體面些，所以一時看不出來。

吉右衛門繼續說道：

「專好大人，今天我們有一個請求。對我們來說，您非常重要，真的。而您的花是我們的樂趣，也是一天的慰藉，絕不可缺。」

吉右衛門的話好似在場全體民眾的心聲，四周的人都隨著話極力點著頭。

「專好大人，正因如此，請您再拿起花剪插花吧。」

吉右衛門深深鞠了躬，聚集的民眾也此起彼落地說道：

「專好大人，求求您了。」

「沒有看到您的花實在太難受了。」

「我們家的阿嬤也很希望看到呢。」

阿季也在人群中。

「我也最喜歡專好伯伯的花了。」

六角堂是孩子們的遊戲場，附近的年輕一輩小時候都在寺中遊玩，所以對他們來說，六角堂是最親近、最喜歡的地方。六角堂對下京的民眾而言，也是身邊的聚會場所，一旦有事需要商討或有問題發生，大家二話不說都會聚集到這裡。由此可知六角堂對下京民眾是多麼重要。

專好直感到高興。有這麼多人喜愛六角堂，並期待自己插的花。

（利休大人，您在天上看到了嗎？）

專好對天問道。

（我能振作起來再重新插花嗎？）

雖沒有任何回答，但視線那頭的天空是多麼晴朗。

（利休大人，這難道是您叫我再拿起花剪的回答嗎？）

專好心中慢慢恢復了力氣，不知不覺有了想插花的心情。

前幾天不太舒服的專武今天也恢復起來，他將手搭在專好肩上道：

「兄長，插花吧。讓我們插花為利休大人祈禱。」

「是啊，專好大人。下京的民眾都在衷心期盼著呢。」

身軀健壯如熊的平太在專武旁探身說道。連平時不太說話的平太都這麼說了。專武和平太同年，從以前就像兄弟一樣，他倆的好感情是連專好也插不進去的。對兩人來說，專好既是兄長也是老師。

吉右衛門面向專好煞有其事般說道：

「專好大人，我們只想向您表達一句我們的心情。那麼就在此失禮告辭了。」

他認為策畫聚集的主謀者自己不先回去，事情就沒法兒收拾。

跟在吉右衛門後面，群眾紛紛向專好行禮，向四面八方散去。

之後探聽了才知道，這場騷動是起因於吉右衛門和身邊數名親友出的主意，他們發出號召說利休的斷七後要到六角堂，而人們聽到後，覺得六角堂的事也與自己有關，就一個接一個也到了六角堂，人數自然就增加了許多。

這天下午，專好在兩個月沒進的道場，透過格子窗望著六角堂。

他取出利休練習立花時常用的銅器，並將銅器放在利休每回練習時坐的窗邊位置。望著銅器，浮現出高大的利休彎著腰插花的身影，令專好非常懷念。

專好沉浸在回憶時，專武和平太來到道場，在他身邊坐下。

六角堂院中的黃鶯正在鳴叫。

「哪，專武，我真的可以再插花嗎？」

「兄長，您還在猶豫什麼哪？還活著的我們若不努力活下去，是對不起死去的利休大人的。」

專武稀罕地用嚴肅的語氣說道。他因為這幾日受風寒臥床，體力也掉了大半，所以經過今天的事看起來是累了。

專好拍膝一立而起說道：

「好，插吧。專武，為了大家等著我的花，我也要插呀。平太，可以幫我準備明天的花材嗎？」

平太用力地點了頭。

「現在馬上準備也沒有問題的。」

其實平太在這兩個月裡，為了無論專好何時問起都有材料可插，他每天都準備了花材。雖然知道專好不會用，還是一直準備著，但卻一句話也不說，平太就是這樣一個人。

隔天一早，平太用推車載著花材到了六角小路，穿過山門後，朝本堂一拜，抬起頭來時，

「平太，早呀。」

專好就站在身旁，大聲道早。平太嚇了一跳，低低叫了一聲。這樣龐大的身軀竟如此驚嚇，專好覺得這不搭嘎的樣子十分有趣，便大聲笑了出來。早晨寂靜的寺中迴響著專好的笑聲，平太一聽感到心中的石頭落了地。

「來，平太，我們開始吧。」

「是，那我把花材搬來。」

「拜託了。」

平太扛著花桶時，專好向平太說道：

「這兩個月裡，每天都幫我準備花材，真對不起哪，謝謝。」

平太每天準備花材的事，專好都知道。

「…………」

平太太過感激，說不出話，只好拼命點著頭。

專好終於整頓好心情，到利休在堺的宅邸拜訪了宗恩。

他向利休的牌位靜靜合掌。

「利休大人，我又能重新插花了。」

專好向利休轉達了他的心情。

利休因激怒關白秀吉而切腹，不知是否因為如此，現在造訪利休宅邸的人也大不如前。想起生前身為茶頭的利休，對這些人如反掌般的態度，專好感到生氣又落寞。

穿過利休雖身亡也整理得當的庭園，專好來到宅邸的茶室，面向宗恩坐了下來。

「外子生前說了關於專好大人您的事，最後拜訪六角堂的那天晚上也非常興奮，話一直停不下來。他總是說您今天插了什麼花，還有為什麼只憑一枝松就可以插出這樣的躍動感……」

聽了宗恩的話，專好腦中浮現利休，不禁含淚點了頭。

「是這樣哪，這真是光榮。」

「我一直想看看外子如此心醉的花究竟是什麼樣子，在外子去逝前總算實現了。實際見到後，覺得這花比我心裡想像的還要凜然、栩栩如生。」

「不不，我是聽了利休大人的教導才曉悟了一些。利休大人銳利的目光可以看透人注意不到之處或眼睛看不見的深處。」

一口口喝著宗恩泡的茶，專好繼續說道：

「利休大人越是探究茶之道，就更省去裝飾。他說簡素中棲宿著真實的美，實際上這項真理與花也是相通的。我一直在琢磨如何引出並重現花本身的美，透過人的手能達到的只是一小部分，所以要如何帶出自然本身的美是最重要的課題。」

專好觀望著茶室，輕輕點了頭。茶室的床板上，一朵可愛的菫花插在樸質的陶器中。

「這間茶室各個角落都充滿著利休大人對美的意識。我真想再向大人多學學他的美。不，比起我，利休大人自己一定更覺悲傷。雖然口裡不說，但我們在各自的道路上追求自己的美，互相切磋琢磨，一同議論……」。

專好臉上落下一行淚。

「這麼理解外子的恐怕只有專好大人您了。」

宗恩說畢就暫時離席，回來時手捧著一小包。這是收放在桐箱中的黑樂茶碗。

「這是外子的遺物。他常說這茶碗中有美的原點。這茶碗若放在您那兒，外子一定會很高興的。請您收下吧。」

「……」專好看著宗恩的眼睛思尋著話，但卻沒有隻字片語。

「利休大人。」

專好手捧著茶碗，茶碗凹凸的觸感傳來利休的溫度。閉起眼來就憶起與利休度過的日子。

在清洲城插花、在六角堂插花、在利休庵接受招待、北野天滿宮的大茶會、被令禁足前在六角堂的會面……。時間雖然經過，但卻歷歷在目。

「利休大人」，專好又一次喚道。

從利休宅邸回來，專好站在本堂前，手捧著黑樂茶碗，望著被風吹起的六角柳。人世無常，不論是誰人總會消失，他總算接受了這當然的事實。

專好再次感到自己不能不插花，像是利休在背後推了一把，體內湧現了一股力量。他打從心底想，掃除鬱悶並帶給自己光明的，終究還是花哪。

十二

天正十四年（一五八六年）到十九年（一五九一年），秀吉在京都進行大改造。

莊嚴華麗的平安京在十年的應仁、文明之亂中化為焦土。其後，以斷垣殘壁中殘存的一小部分地區為中心，形成了小聚落的「町組」，而「町組」再擴大後便聚成了大規模的集落「惣町」。隨著室町幕府的衰退，各「惣町」都由各自的居民自治而漸漸掌握了力量。

對武將來說，佔有京都便意味著佔有「天下」，而最初達到此目標的就是織田信長。

信長放火攻進室町幕府所在的上京地區，並逐出室町幕府。但在放火之前，他也先讓民眾避難。相較於上京，信長獲得了下京地區的支持，所以位於下京的本能寺成為信長在京都的宿營。然而命運捉弄，信長竟在下京殞命。

敬愛信長的秀吉繼承了他的遺志，將奪取京都當成目標，現在他亦將京都握在手中。曾是一介農民的秀吉終於實現了信長無法達成的夢。

秀吉開始建設自己的宅邸聚樂第，並在四周興建武家、朝廷貴族宅邸與寺院的區域。依身分區隔居住地的目的是為了稅金徵收與京都防衛。另外，他在京都棋盤方格形的區里中增設許多小路，將區里的方格劃成幾個細長方形。隨著人口增加，也興建了樂市樂座，成為活絡工商的源頭。就這一點，關白秀吉的新都更可說是成功的。

但是有一部分地區反對新都更，例如下京地區的鉾町。京都熱鬧的祇園社祭典「祇園御靈會（現在的祇園祭）」由鉾町承辦，是鉾町居民們的驕傲。因為執行傳統行事，鉾町的團結力量十分強大，強烈的主張使區衙也放棄將此區分化。而秀吉也警戒到擁有經濟力量的民眾之力。

鉾町的中心人物是十一屋吉右衛門。吉右衛門住在六角小路西向四道的町小路南邊，也擔任管理祇園御靈會的南觀音山，他的正義感聚集了許多人心。

下京的民眾被政府視為威脅。

利休死後兩個月之時，大批商人、武家、僧侶與農民聚集在六角堂的事也傳到了下京監警林田新兵衛的耳中。

新兵衛曾擔任北野大茶會秀吉的護衛。因強烈的野心，他呈報上級六角堂的池坊專好有不安分的動向，想著說不定可以藉此發跡。

（親近池坊専好的下京民眾好像正預謀著反亂。）

他捏造無憑無據的事，透過衙門呈報給石田三成。

「石田大人，六角堂好像有不安分的行動，要如何辦呢？」

「你是憑著什麼根據呈上此報？」

「千利休斷七的隔天，一早民眾就聚集到六角堂，不只商人，還有武家、僧侶、農民，人數多達數百……千人哪。」

三成的目光一閃。

「哦，是嗎，一介僧人聚集千人有何目的？你，叫什麼來著？」

「是，小的是下京的監警，叫林田新兵衛。」

「新兵衛，你繼續監視六角堂，若有奇怪的行動，便逐一匯報，知道了嗎？」

（池坊專好，是利休那傢伙的同夥，真是礙眼。）

反對秀吉都更的鉾町、聚集民眾人心的六角堂、和利休一樣受擁戴的專好，這些對聚樂第來說都是障礙。

（我看是報告給秀吉大人知道較好。）

「池坊專好？是啊，我沒忘，他是在大茶會裡和利休聯手的和尚吧。」

秀吉討厭地皺著臉，摸著鬍子說道。

「還有，下京的民眾團結，很是礙眼，若又擁護專好，那便麻煩了。」

石田三成得意地誘導秀吉，如此說道。

「是啊。」

現在雖然沒有諸侯間大型的征戰，但各地發生的起義卻十分棘手。若這樣的起義發生在下京，那會更麻煩。

（處理掉吧……）

當秀吉腦中浮現這個想法時，隨從進來報道：

「關白殿下，鶴松公子高燒不退。」

「鶴松，又發燒了，馬上去。」

秀吉飛也似地跳了起來。三成慌忙再問道：

「秀吉大人，池坊專好要如何辦？」

「交給你了，給他一點警告。」

「是。」

（可惡，只差一步，居然撿回一命。）

三成憤恨地拍了膝頭。

秀吉的嫡男鶴松生來病弱，大病小病不斷。今年春天開始就因不明原因發燒。秀吉溺愛鶴松，十分難過，看著一日日虛弱的兒子，他心如刀割。

（為什麼我的孩子要受這樣的苦。）

這份難過在秀吉心中燃起了怒火，醞釀著爆發的一刻。

六月，祇園御靈會終於開始。鉾町中並列著豪華的山鉾，互相競美。各鉾町也響徹著祇園的祭典音樂。

專好帶著阿民、豐重和櫻子逛祭典，先看了太字町的山鉾「太子山」。這太子山中供奉著與六角堂有淵源的聖德太子，結著美豆良髮型的少年太子像，右手持斧，左手拿扇。山鉾頂上裝飾的不是松而是杉。因松多為神明所憑依，所以許多山鉾都裝飾著松，但太子山裝飾的卻是杉，這是根據『六角堂緣起』

中的記載而來。

『六角堂緣起』記載，十六歲的聖德太子為尋求建造四天王寺的建材而來到山城國愛宕郡的山中，遵從護持佛如意輪觀世音菩薩的靈告，用大杉之木建立了六角堂。手持斧、面向杉木的太子像就是為了表現這個場面。

祇園御靈會是民眾期待已久的祭典，下京的路上擠滿了人。近年因為秀吉分割原來的區里，導致人口增加，祭典比往年更加熱鬧，路旁還出現攤販，氣氛活絡。

「好久沒這樣大家一起出門了。」

專好笑著說道。今年從一開始就遭遇許多事，心情低落。今天雖然像這樣家族四人一起逛祭典恢復心情，但在此之前可說每天都充滿了糾葛。逛祭典是阿民的提議。

（有家人真是好。）

走著走著，專好看到路旁有賣簪子的攤販。

「來看看。」

他隨便看了看攤上的商品，都不是特別昂貴的東西。專好發現了一支可愛淡桃色的櫻花簪，便叫了櫻子。

「小櫻，來來，看看漂亮吧。」

專好都叫櫻子「小櫻」。

「哇，好可愛。我想要。」

「是嗎，想要哪，好，爹買給妳。」

專好故意誇張地說道，將簪子買了下來。櫻子得到簪子高興地抱著專好的腿。

「爹，謝謝您。」

專好因為平時忙碌，櫻子也沒什麼機會撒嬌。專好幫櫻子戴上簪子。

「喔喔，小櫻，好看喔。」

豐重與阿民也說道。

「櫻子，戴上爹買的簪子，調皮的丫頭也看起來有些氣質了。」

「啊呀，豐重你淨說這些，櫻子很好看哪。」

阿民在櫻子前蹲下，微笑看著簪上的櫻花。

專好一行人在三條町小路的交叉點碰到了阿季。

「啊，專好伯伯好。」

「阿季也來看山鉾呀。」

「是啊，專好伯伯，這鉾町果然景氣好呢。」

阿季站到專好旁邊，小聲在耳邊說道：

「不論哪兒的山鉾，年年都更加華麗，這是景氣好的證據哪，呵呵。」

說畢就隨著人潮離去。阿季也十五了，大一歲的豐重看上去還有些孩子氣，但阿季卻讓人感到有女人味了。

順著町小路繼續走，在經過北觀音山時，聽到了熟悉的聲音。

「啊，是吉右衛門伯伯。」

櫻子跑了過去。

「哦～是櫻子呀，來得好來得好。」

吉右衛門兩手將櫻子高舉起來，兩人常在六角堂見面，已經很熟了。曾失去孩子的吉右衛門很疼櫻子。年齡雖有差距，但櫻子把吉右衛門當朋友，也讓人不禁微笑。

「看哪看哪，這支簪子。」

櫻子驕傲地向吉右衛門伸出頭說道。

「喔喔，真可愛哪，櫻子這簪子是？」

「是爹買給我的。」

「喔喔，是嗎，真好。」

櫻子或許讓吉右衛門想起自己死去的女兒阿初。

他將櫻子放下時剛好專好跟了上來。

「專好大人，歡迎您來。」

「啊呀，十一屋先生，真是熱鬧哪，這一帶的景氣真好呢。」

「是，托您的福。」

吉右衛門說著抬頭望了望自豪的山鉾。這山鉾比其它的山鉾更大更豪華，可見背後的隆盛。

這時，

「吉右衛門先生，您可以來一下嗎？有些棘手的事兒。」

同鉾町的人向吉右衛門說道。好像是年輕人在那兒打起架來了。

「啊呀真是，真沒辦法，知道了，馬上去啊。」

吉右衛門說著，一改之前抱著櫻子時的表情，頓時嚴肅起來。

「專好大人，我得去一趟，失禮了。」

說畢就猛地跑了起來。

（真是直腸子的人哪。）

專好十分欣賞這樣的吉右衛門。

之後四人又慢慢逛著山鉾。

阿民向專好提議「哪，我們偶爾也一起去逛逛山鉾吧」。想起這樣的阿民，專好覺得十分可愛。對自己來說，她像太陽一樣，不論下了多少雨、下了多久，太陽總在自己最近的身邊。利休切腹後，阿民總是靜靜溫暖地包著心情盪到谷底的自己，對她的感謝實在無以言喻。因為吉右衛門等民眾的懇求，再次拿起花剪插花，那天夜闌人靜後，專好看到阿民流淚，他知道此時最高興的便是阿民了。

（我希望也像利休大人一樣，可以追求美到最後一刻。）

專好知道，這是給支持鼓勵自己的人最好的報答。

日頭落西，西邊的天空開始染紅時，一家回到了六角堂。

專好揹著睡著的櫻子，阿民在背後扶著，小跑步跑向寺坊。天已要暗下來，所以寺中沒有人影。專好回想著愉快的一天，心裡非常充實。

與往常外出後一樣，專好到了本堂一趟，發現本堂前站著一位武士看向這裡。從武士的穿著與姿勢，專好知道他不是平常人，而是一位武將。此男身穿深綠褲子，散發出的氣氛異樣尖銳嚴厲，與目前接觸過的武將很是不同。只要被那雙細長的眼睛一盯，就像太刀架在脖子上一般，讓人深感恐懼。專好吞了吞口水道：

「您是哪位呀？」

專好壓抑著這貫穿全身的恐怖，冷靜尋問。

「你是池坊專好吧。」

這武將完全不帶任何感情，無表情地問道。

「是的，我是六角堂的池坊專好。請問您是？」

「石田三成。」

武將直直看著專好，眼光陰險帶著執拗的暗光。

專好感到背脊發涼，脖子滴下汗來。

（他就是石田三成。）

不知過了多久，就算只是一瞬間，專好也覺得時間十分漫長。

「你想必非常憎恨關白殿下吧。」

既已打過招呼，三成便單刀直入道。

（他是在說利休大人的事。）

專好直感如此。

「我不知您在說什麼。」

知道三成為什麼來到六角堂後，專好意外冷靜了下來。

「哦，和我裝蒜。」

三成用專好聽到或聽不到的音量小聲說道。

過了一段沉默後，

「六角堂是間好寺院，位於下京，寺中一片濃綠，和聖德太子有淵源，深得民眾信仰，確實還是西國巡禮寺之一吧。」

三成轉身在本堂前邊走邊說。專好依然保持沉默。

「還有花之名家的名聲，甚至連皇宮都有所聞。要累積這樣的名望，相信一定吃了不少苦。」

（他究竟想說什麼？）

專好的心跳越來越快。

停了一會兒，三成繼續說道，聲音比先前還低了許多。

「前幾天數百民眾聚在這六角堂，有報告說是在圖謀著什麼，這是真的？」

三成轉身以寒冰般冷峻的視線盯著專好。

（是無憑無據的事。）

但專好並沒有開口，因為不知要如何說明那天的狀況，又怕被找岔子。

「哼。」

三成目光轉下說道：

「好吧，但是池坊……」

他突然張大眼，臉湊近專好。

「若想著什麼無聊事，我勸你還是丟了這念頭吧，這是忠告。」

三成噴出的唾沫濺到專好臉上。

「如果不呢……」

專好防著說道。

「死！」

到目前不動聲色的三成突然高聲叫道。專好一瞬間雖有退怯但終是撐住了。

「您今天就為此事而來？」

專好冷靜答道。三成無表情看著專好。

「是，你小心點。」

日頭已落，只留下晚霞。

三成帶著山門邊等待的隨從消失在視線之中。

專好一人站在本堂望向天空，天紅得讓人覺得胸膛窒悶。他慢慢回想起將要過去的今天到底是個什麼日子。

腦中浮現出櫻子戴著搖曳的髮簪高興的臉，還有三成沒有表情的臉，兩張臉在腦海裡不停地轉。

「死！」

三成直刺過來的目光，到現在還讓專好發抖，久久無法停下。

十三

天正十九年（一五九一年）八月。

「什麼?!」

秀吉的聲音響徹了聚樂第。與側室淀夫人所生的嫡男鶴松才三歲便死去。秀吉悲痛萬分，久久離不開鶴松的遺體。

百姓間傳聞鶴松的死是「利休的詛咒」，而這傳聞很快便到了聚樂第秀吉的耳中，秀吉肚裡盤繞的怒火爆發出來。

「可惡的利休，竟然帶上鶴松。」

失去心愛孩子的苦，不論關白或百姓都一樣。但將罪都推到自己賜死的利休身上，的確是關白秀吉的作風。

「不可饒恕，利休，死了竟也還敢愚弄我。」

秀吉淚也不擦，不斷叫著鶴松的名字，鶴松死後五天，他蓬頭垢面，眼睛浮腫，鬍鬚紊亂，完全失去關白的樣子。

秀吉想要的，就算強取豪奪也都能得到，可以說沒有不到手的東西，但最寶貝的鶴松竟從手中失去。

秀吉的悲傷終成怒火，正尋找著爆發的對象。

「三成，三成在哪？」

「是。」

三成馬上出現。

他非常清楚被逼到極點的秀吉是什麼樣子，也知道要怎麼接收這怒氣再轉到別處。

「三成，那個和利休認識的和尚叫什麼？」

秀吉像想起什麼一樣，突然站起，眼睛沒有焦點，激動地轉著脖子說道。

「是，您說的是六角堂的池坊專好？」

「在我辦的北野茶會裡，和為所欲為的利休在一起的就是這個插花的？」

「是。」

秀吉一笑，但下一瞬間，表情變成了惡鬼。

「說到北野，連街上的姑娘竟然都可以嘲笑我，是吧，三成。」

三成了解到秀吉的劍尖指向了誰。秀吉摸了摸鬍子，

「三成哪，茶茶在懷鶴松時，確實有人在聚樂第門口的屯所牆上寫著愚弄我的文字吧。那時做了什麼處分？」

那時牆上的文字是諷刺秀吉側室茶茶懷孕的字句。

「當時的犯人確已在六條河原處以磔刑。」

「是嗎，失職讓犯人寫上塗鴉的門衛和其親族也一併處刑了吧。」

「殿下，以四年前的事來定人死罪，似有不妥。」

「三成，你居然也敢和我說意見。你也變得了不起了嘛。」

「不，實在惶恐。」

「利休也常常和我說意見，把我當猴子耍。」

秀吉再度怒火中燒，激烈地踏著地。

「殿下，此事請交給三成吧。就算是孩子，我也要讓他們嚐嚐愚弄關白殿下是什麼滋味。」

三成說道。若能就此多少平和關白的怒氣，要這樣做也是沒有辦法的事。

鶴松的死很快傳遍了京都，專好也聽到傳聞。專好覺得不論秀吉如何，一個幼小的生命消失，也讓他感到悲傷唏噓，這天就以憑弔之意插了花。

（秀吉也可憐，這種時候金錢和權力也使不上力，都是命哪。）

自從石田三成到了六角堂後，專好比以前更加深思自己插花的理由，還有追求美的意義。

「死！」

被三成這麼一說，專好更體會到利休的苦惱和堅強。

石田三成來六角堂的事，因為怕大家會太擔心，連阿民在內，他誰也沒說。雖然三成的語氣嚴厲，但也只是警告。和利休關係好、在北野大茶會插了花和六角堂聚集了人這些事，又沒有違法，也沒有給誰添了麻煩。

（三成雖這樣說，也不會有什麼大事吧。）

專好這麼想著。

然而被當今秀吉的得力紅人，又是傳聞中操作利休之死的人威脅「死」，他的心情還是無法如同往常一樣。

六角堂的道場裡正進行著夏季練習。這年夏天也非常炎熱，道場聚集了比平時更多的弟子，正插著花。

沒有一點風，空氣灼熱。寂靜之中，專好嚴格地指導弟子們。

「這不行，到底都在插些什麼呀。」

「豐重哪，專好師傅是怎麼回事？這樣暴躁。」

吉右衛門問道。從民眾聚集六角堂的那天起，他便時時到專好的課堂練習。

「吉右衛門先生，您怎麼看？我也不知道……」

豐重也注意到了祇園御靈會後專好有些奇怪，但又不知道原因。

「豐重，不要淨聊天，連手都不動了。」

專好平時就對豐重比較嚴厲，他不在意他人的眼光，希望將自己的技術、知識全都教給豐重。弟子們也感受到他的幹勁。

專好經過三成的事，想起若自己有了萬一，池坊的花就有斷絕的危機，所以開始心急起來。他的責任重大。

弟弟專武插花的技術和知識也高，他的「好手腕」可撐起一個時代。如果專武身體好，是可以和專好一起興盛池坊之花的，但這幾年卻時常臥床。專好感到肩上重壓著守護與傳承的艱難重任。

十四

天正十九年（一五九一年）十二月。六角堂山門南側的「鐘月庵」迎來了忙碌的臘月。獨生女阿季在這個時期也前前後後幫忙著家裡的生意。

阿季與豐重是青梅竹馬，從小每天就在六角堂一起玩耍到日落。過了十歲，阿季和其他京都的姑娘一樣變得早熟，在她眼裡豐重還是小孩一樣，所以對他漸漸沒了興趣。但是十六歲那一年，豐重突然脫了稚氣，從少年成長成一位青年。今年春天，當他結束僧侶的修行回到六角堂與阿季碰面的時候，阿季驚訝的表情在他的眼裡留下有趣的印象，之後便時常模仿當時阿季的臉和她開玩笑。

「那時阿季的臉啊，很好玩的，就像這樣。」

「啊呀，又說這事，我要生氣了。」

阿季邊說邊打了豐重的背。

「好痛！」

「居然嘲笑我這麼可愛的姑娘，這是懲罰。」

「啊～一點也不可愛啦～」

這樣不經意的打鬧對他們來說，是最愉快幸福的時刻。這是豐重的初戀，他覺得兩人只要能在一起就很好了。

十二月十日。一早就有很多顧客上門，店裡忙得昏頭。客人一直排到六角堂的山門前。

過了中午，客人終於少一點的時候，店裡突然來了四、五名大漢。

「叫阿季的丫頭在這兒嗎？」

大漢手拿著槍，腰間還掛著太刀，但看起來不是強盜。

「是，是我。」

阿季不知情況，只能答道。

「我是監警林田新兵衛。妳被控愚弄關白殿下，要繩之以法，不能抗命。」

「啊，怎麼回事？」

阿季完全沒有這樣的記憶。她的爹娘從店裡急奔了出來，

「監警大人，我是店的主人。這一定是什麼誤會，我家姑娘絕對不可能做這樣的事，不可能。」

阿季的爹跪下，額頭叩地不斷懇求。

新兵衛暗笑，他直接領了三成懲治的命令，三成還說如果辦得好就可出頭。

「監警大人，求求您了，阿季什麼也沒做，一定是誤會，求求您，求求您。」

顫抖的聲音斷斷續續。

新兵衛在店裡坐下，拿了店裡的餅吃，邊吮著手指邊道：

「老闆，都查清了，之前的北野大茶會，你家丫頭在關白殿下旁邊說了鄉下人還有猴子。當時我也在場。」

「啊……」

阿季膝頭一軟，但那時每個人都這麼說呀。

「為什麼只有我……」

「阿季，為什麼是阿季，不，嗚嗚……」

阿季的娘從背後抱住阿季，護著她哭了起來。

「監警大人，求您放過我們吧，求您放過我們吧。」

阿季的爹抓著新兵衛的腿。

「放開，叫你放開。」

「不，不放。我不會讓你帶走我們家阿季。」

「好，帶走！」

新兵衛一腳踢開阿季的爹，冷酷地命令其他大漢動手。大漢在阿季的娘耳邊說道：

「我們也不想這樣做，對不起了。」

新兵衛扳開阿季爹的手，號令道：

「走啦！」

阿季的手被縛在背後推上了罪籠，由兩名男人抬著。阿季的爹娘爬出店外，

「阿季啊～阿季～不要啊～」

阿季的娘痛聲大哭也無法挽回，裝著阿季的罪籠從六角小路向東離去。

此時聽到騷動的豐重與專好衝出山門外。

「阿季在哪兒？」

豐重問道，圍觀的人手一指，專好與豐重便追了上去。

「阿季～」

阿季蹲在籠中不斷哭泣，聽到聲音抬頭，聲嘶力竭地喊道：

「豐重！」

豐重朝右繞，抓著罪籠。

「阿季，阿季，阿季。沒關係，沒關係。」

「豐重，豐重！」

阿季的臉沾滿了淚水和泥土，之前還紅潤光滑的兩頰現在竟成了這般模樣。

「放開，小鬼！」

新兵衛踢開豐重。豐重肚上受了一腳，翻一圈倒了下來。

來遲了一拍的專好繞向左邊，抓住罪籠，

「阿季，沒關係，我會求情救妳的。」

「專好伯伯，我好害怕，好害怕！」

大漢用力抓住專好的衣襟，將他拖離罪籠。

「阿季，放心，別怕。」

「專好伯伯～」

一行人押著阿季快步在東洞院大路向左轉離開了。

店前，阿季的爹娘癱軟在地，嚎啕大哭。

專好喘息著。六角小路瀰漫著沙塵。他知道這和鶴松之死與「利休的詛咒」

一定有什麼關係。雖然安慰阿季「別害怕」，但看這樣子恐怕是死罪。這姑娘到底是犯了什麼錯？專好肚中升起怒火，但卻沒有辦法做什麼。

「秀吉，你到底夠了沒有！」

專好從肚子深處發出這麼一聲，讓人不敢相信這是他說出來的。

專好的叫聲讓眾人嚇了一跳。聽聞六角小路騷動的民眾都聚了過來。

這天下午，以十一屋吉右衛門為中心的下京民眾到衙門求情也沒有被接受。四天後，一個吹著冷風的日子，阿季在六條河原被處以磔刑，其父母也一樣被處刑。北野大茶會時和阿季走在一起的其他三名姑娘與其親族亦遭到同樣的死刑。罪名是愚弄關白秀吉。

處刑後，吉右衛門用了關係，也僅能慎重埋葬姑娘們與其親族。

「父親，我不懂為什麼沒有一點罪過的阿季竟要遭受如此下場？」

豐重在墓前合掌問道，這些天他堅強地撐著忍住難過。專好抱著豐重的肩膀，感到他肩部大片凹凸的肌肉。豐重已是大人了。

「豐重哪，你忍過來了，今天可以好好哭一場，阿季一定也允許你哭吧。」

聽了專好的話，死命忍著的淚水落下，豐重大聲哭了出來。

專好忍著撕心之痛，向阿季喜歡的花合掌。

他心想，因為秀吉的愚行又有人死去。人命不該如此輕薄，不能再忍受這樣沒有道理的事了。離大茶會已過了四年，這樣到底有何意義？阿季究竟有多深的罪？不能讓這樣的暴虐再度橫行。專好無法遏止怒火。

秀吉在這年將關白之位讓給了外甥秀次，自己成了太閤[9]。隔年計畫出兵朝鮮，將目標放在海的另一邊。對這樣愚昧的秀吉，諸國武將雖有不滿之聲，但利休死後就再也沒有人敢直接向秀吉諫言了。

下京在深深的悲傷中迎接了新年。

專好為了下京的民眾，每天都插著花。自己心情盪到谷底沒有辦法插花時，是因為下京民眾的鼓勵才得以重新站起的，所以他插花時都抱著感謝的心情。許多人到訪六角堂，都被專好伸展活躍的一枝一葉所感動。

十一屋吉右衛門覺得專好的花有不可思議的力量，可以帶給人元氣。自己也在開始學花以後慢慢發現。當初女兒阿初看了專好的花，原本連起身都沒有辦法的身體居然動了起來，而且還燃起了活下去的願望。他希望因阿季的死充滿悲傷的下京一帶可以再重拾希望之光。

「十一屋先生，我很好，沒有像先前那樣沮喪的。」

「那時真是不得了呢，不論哪天來都沒有花，我居然可以忍受沒有花的日子那麼久。」

「是啊，您那時的臉看起來的確不太好呢。」

「真拿專好大人您沒辦法哪。」

專好和吉右衛門說話時感到安心，彼此年齡又相近。吉右衛門已像家人一樣，對他不必像對外人一般顧慮了。

9 將攝政、關白的官位讓給子弟的前攝政或前關白之頭銜。

十五

文祿二年（一五九三年）十月。秀吉周邊時時有聲音要他提防六角堂與池坊專好。

民眾對六角堂的向心力越來越高。六角堂作為下京的會所，一有事民眾就會聚集過來。再加上專好插的花評價日益高升，這在秀吉一方看來都不是什麼好事，難保不會有一天掀起武裝起義叛亂。京都現在因為秀吉大膽的都更，景氣非常好，特別是下京一帶聚集了人群與錢財。雖然城下街市化政策奏效，但這個時代下剋上的情形普遍頑強，一旦引燃了火，沒人能預知會發生什麼。

石田三成認為京都的安定象徵著太閣殿下的天下統一，而其中六角堂的存在顯得礙眼。然而池坊家代代都是花之名家，沒有辦法無端扳倒。三成喚了林田新兵衛，下了道密令。

「要怎麼做你來決定，我要民眾的心遠離六角堂。」

「是，遵命。」

「去吧。」

三成將裝滿金子的袋子放在地上，新兵衛慌忙拾起放入袖中。

晚秋吹起寒風，六角堂大銀杏樹的葉子像黃金般搖曳著。

專好很久沒到十一屋吉右衛門家的茶室了，這次還帶了女兒櫻子。櫻子一聽到要去吉右衛門家，便堅持一定要帶她去，可見她多喜歡吉右衛門哪。

「啊呀，專好大人，請請。櫻子也來啦，歡迎。」

穿著風雅的茶道服，吉右衛門笑臉滿盈地迎接二人。

「打擾了。」

十一歲的櫻子行了一禮入室，專好看她的動作，覺得有大人的樣子了。

（小櫻長大了呢。）

櫻子是信長殞命本能寺的隔年出生的。專好感到時光飛逝。

「爹，這個可以吃嗎？」

但是櫻子只要看到準備的各式菓子，就彷彿又回到小孩一般，令人莞爾。

「哈哈哈，可以，小櫻吃吧。」

吉右衛門笑了。

櫻子奇怪哪裡好笑了，便看向吉右衛門。

「爹也說可以吃啦，放心吃吧。」

「吉右衛門伯伯，謝謝您。」

櫻子道了謝之後，果然放心毫不顧忌地吃了起來。

「十一屋先生，阿初去世多久了？」

「已經二十六年了，真快哪。」

專好喝著茶，吉右衛門繼續說道：

「最近我也開始糊塗了，但阿初的記憶很鮮明，就好像她現在還在隔壁房間一樣，我記得清清楚楚。」

「是啊，阿初是個好孩子哪。」

「是，是好孩子。」

吉右衛門看著櫻子，表情就像一位溫柔的父親。阿初死後，吉右衛門一直都是一個人生活，妻子和孩子的回憶，牢牢留在他的心裡。

吉右衛門沒有告訴專好街上的傳聞。

「六角堂四周最近總有一些長相兇惡的人在徘徊。」

住在六角堂附近的民眾這麼說，而吉右衛門也曾看過。這幾天，都是同樣的一些人站在山門前，窺視寺中的樣子。擔心的民眾跑來找吉右衛門商量。

（是秀吉的陰謀也說不定。）

吉右衛門這樣想著，又聽說秀吉出兵朝鮮也不順利。

（秀吉就是忌妒與利休大人並肩的天才之美，下京可不能再讓猴子為所欲為了。）

他之所以猶豫是否將此事告訴專好，就是不希望專好一家擔心不安。

（不需要擔心，我來守護專好大人一家和六角堂。）

林田新兵衛利用浪人之輩調查六角堂的情況，然而調查的不是池坊專好而是擁護專好的民眾。據浪人報告，民眾的中心人物是十一屋吉右衛門。

（十一屋吉右衛門……）

新兵衛的眼中閃著暗光。

從烏丸小路進到三條小路往西，可以看到一條南北流向的小川——堀川，而沿著此川的路就叫堀川小路。路旁種了許多大銀杏樹，秋天金黃的葉片鋪滿地，喜好風雅的人士最愛在這個時期造訪堀川小路。

這天天氣就像春天一般和煦，吉右衛門從早上就在家裡喝著酒。今天是亡妻阿菊每月的忌日，所以一個人在佛壇前喝酒。平常他是不會在白天喝酒的，但到了這一天，就興起了喝酒的念頭。下午預定要到六角堂上專好的插花課。

（對了，到堀川小路看看銀杏吧。）

吉右衛門準備出門，從下定決心保護六角堂後，他都在懷中藏著短刀。

他心想今天雖喝了酒，要外出是沒有問題的。

（才喝了這點酒，不會出不了門的。）

實際上吉右衛門的腳步也沒有醉得顛搖。他慢慢從三條小路往西走，因為是白天，所以路上很熱鬧。

「吉右衛門先生，出門哪？」

住在這一帶的都是熟人，走著走著總有人向自己打招呼。

「風雅的在下要到堀川小路賞銀杏哪。」

眾人就是喜歡他明朗的個性，無論對誰，吉右衛門都不失這爽朗，所以自然得人心。

堀川小路陽光燦爛，銀杏道上遊人如織。吉右衛門在路旁坐下，悠閒地眺望著人來人往，有年輕人，也有老年人。此時他突然一聲「啊」，站了起來。

從他前面走過的人的確是這幾天窺視六角堂的人之一，在窺探的人裡，此人看上去顯得最年輕最弱。

（是了，就是這傢伙，來看看到底是誰指使的。）

吉右衛門悄悄接近此人背後，趁其不意，將他腰間的刀連同刀鞘拔了出來。

「做什麼，你是誰？」

「老兄，來一下，我不會做壞事的。」

吉右衛門不愧平時習慣了和流氓打交道，此時毅然的態度讓人無法不從。

吉右衛門進了三條堀川南邊的小巷，男人默默跟著。

果然吉右衛門是喝醉了。

一般來說，不論占了多少地利之便，也不會做這樣危險的事，他現在是仗著酒膽。

男人低著頭不發一言。

（什麼哪，這人真沒出息。）

吉右衛門發現一條無人巷，想著這裡誰都不會注意到。

「我說，你徘徊在六角堂窺視裡面的樣子有何居心？是誰指使的？」

「…………」

「我也不想為難，老兄你也有家人吧，用這個讓家裡人高興高興吧。」

吉右衛門從袖袋中露出金子。

（總是金子雇來的，給他金子就會說了吧。）

「怎樣啊老兄，說吧。」

此時吉右衛門感到背後突然有一大群人接近。

（糟糕，這傢伙帶了人。）

吉右衛門一轉身，拿著刀的人一個個像惡鬼般逐漸接近。

「可惡！」

一刀砍了過來，吉右衛門往左一跳，又來了一刀。

「糟糕！」

他向後跳，刀尖割過他的左肩，受了擦傷。但另一刀又立即刺了過來。第一刺扭身躲過了，但第二刺正正刺中了右腹。與其說痛倒不如說感到一股熱，

「你們到底是誰派來的？」

吉右衛門叫道，但沒有人回答。

「啊啊啊！」

狹小的巷子裡響起女人的尖叫聲。一個女人剛好要進這巷子，見巷中的景象便轉身尖叫著逃開。

「撤，撤！」

帶刀的男人喊道，而看起來較弱的那一人吐了句「可惡」，撿起被吉右衛門奪去的太刀，跟著其他人敏捷地離開了。

（看起來弱是裝的啊。）

所有都是設計好的。

「不行，專好大人、櫻子會有危險。得去六角堂……」

吉右衛門站了起來，摸了摸右腹。雖沒有感到痛，但出血很嚴重，他也不管，繼續向前走。

（阿菊、阿初，拜託，給我一點力量吧。）

他在三條小路往東走，雖用盡全力，但因為傷得太深，沒有辦法好好走，又穿著黑衣，擦肩而過的人也沒發現他出血嚴重。

天氣已冷起來，但吉右衛門額上卻冒汗，是冷汗。他口中不斷喃喃唸道：

「六角堂有危險……專好大人快逃……櫻子快逃……」

終於幾個人發現吉右衛門的異狀，跑了過來。

「吉右衛門先生，啊呀不好，怎麼回事，快叫大夫，叫大夫。」

「等等……先去六角堂……帶我去六角堂。」

「啊呀，這可不好，傷得很重呢。」

大家照顧著吉右衛門，非常擔心。兩人撐著他的肩臂讓他站了起來，但任誰一看也知道事情嚴重，一來一往間，吉右衛門的傷更惡化了。

「拜託，先帶我去六角堂吧，一定要去。」

吉右衛門頑固地說道。

「知道了，好，我們先帶吉右衛門先生到六角堂吧，大家幫幫忙。」

對力氣有自信的男人們抬著吉右衛門的兩肩要跑，但怎麼也沒法跑。這時有人拿來了門板，將吉右衛門放在門板上，這才跑了起來。

人越聚越多，三條小路的巷子都封了起來，路旁築起了人牆。

「吉右衛門撐住哪。」

「不能死啊，吉右衛門先生！」

人們向二十幾年為下京奔走的吉右衛門打氣。

（阿菊……阿初……拜託……）

已經有人通知專好了。

今天下午的課都已準備就緒，專好抱著櫻子走向山門，豐重與阿民十分擔心地在山門外等著。也請大夫來六角堂了。

（到底是怎麼回事，十一屋先生。）

「聽說是被最近徘徊在六角堂附近窺探的人傷了。」

第一個救了吉右衛門的人這麼聽說。

「可惡，又是秀吉做的嗎？和阿季一樣，到底是為什麼，可惡！」

豐重拍打著山門的柱子。初戀之人生命被奪去的怒火又燒了起來。

抬著門板的一行人從烏丸小路轉進六角小路，來到山門前。

「十一屋先生！」

專好叫道。吉右衛門被抬到本堂前，眾人放下門板。

「十一屋先生，到底是怎麼回事？現在都要上課了。」

專好握著吉右衛門的手，大聲說道。

「呼，呼，專好大人，您沒事吧？」

「是，沒事，安心吧，都是托您的福。」

專好用力握住手，而吉右衛門也用僅存的力氣回握。

「啊啊，今天失敗了，被擺了一道。」

吉右衛門眼中落下一行淚，豐重見狀在他的耳邊大聲說道：

「吉右衛門先生，這點傷，沒有問題的，不要擔心哪。」

「是啊，沒有問題的，您可是吉右衛門哪，一定會得救的。大夫就要來了，加把勁。」

阿民接著說道。

「呼呼，謝謝謝謝。」

雖然沒有力氣，但吉右衛門和平時一樣笑著。

「吉右衛門伯伯，怎麼了？」

櫻子午睡剛起，還不清楚情況。吉右衛門想撐起身子，專好扶著他，慢慢坐起。

「櫻子哪，伯伯有些累了，但是沒有關係的，別擔心。」

「真的嗎？」

「是啊，真的。」

吉右衛門說著看了看四周的人，

「對不起，又要拜託各位，幫我挪到可以看到本堂的花的位置好嗎？」

吉右衛門在本堂的花前，和專好並肩坐著。松枝的立花相當有格調。

「今天的花也真好哪。」

「謝謝，十一屋先生，謝謝。」

「我在阿初快死時，向您求救過一次，那時您鞋子只穿了一隻，拚死命跑來。那天阿初高興的臉，我至今都忘不了。所以我下定決心，如果六角堂或您發生了什麼，我一定要幫，所以就成了這副德性，真是沒出息哪。」

「您說什麼呢，應該是我向您道謝的。您不知幫了我多少回。」

吉右衛門沒辦法再坐住，橫躺了下來。專好知道他的生命之火正在消失。

「啊啊～以前的日子真是愉快哪。」

吉右衛門閉起眼慢慢說道。

「十一屋先生振作哪，阿民，大夫還沒到嗎？」

吉右衛門抓著專好的手。

「沒關係，今後大家會守護六角堂的，請您安心插花，插好看的花。」

「好，我知道，謝謝您，謝謝，十一屋先生。」

專好緊緊握住吉右衛門的手。

「我終於可以見到阿菊和阿初了。專好大人，謝謝您哪。」

吉右衛門笑著安詳地走了。四周響起了啜泣聲。

「吉右衛門先生。」

民眾叫著吉右衛門的名字圍了上來，其中也有人罵道「可惡的猴子」。

專好靜靜合掌，離開了本堂，一個人關在道場裡。

「十一屋吉右衛門先生，真的，我不知受您多少次幫助，為什麼您會遭到這樣的事……」

這天夜裡，東邊天空的滿月照下清冷的光，但專好心中卻瀰漫著黑暗。

「死！」

石田三成到六角堂時這麼說道。但實際死去的卻都是喜歡自己的花的人，僅僅是和自己有接觸的人……。

（這也算是警告嗎……）

「專好伯伯，我好害怕，好害怕！」

阿季的聲音還繞在耳邊。

阿季和吉右衛門到底是做了什麼，為何一定要死？

（利休大人，我該如何是好？）

專好想起利休。利休晚年在與秀吉的摩擦中貫徹了「自身的美」，想必一定受了許多不愉快和迫使他屈服的壓力。被令禁足的時候，雖然很多武將勸他「向殿下道歉，只要道歉就一定會被原諒」，利休的意志也毫不屈服，最終走上了切腹。

（不能再讓愛護六角堂和我的人走向死亡。）

想起利休的淚和最後悲戚的形貌。

想起阿季嚐過的恐怖。

腦海中浮現吉右衛門開朗的笑容。

專好感到自己心中湧現無以言喻的怒火，他從心裡憎恨奪走珍視之人的秀吉，當怒氣達到頂點，浮現了一個恐怖的念頭。

（殺死秀吉。）

專好額上冒出了汗。

（這樣大的事我可以一個人做嗎……）

這天晚上，專好動筆給前田利家寫了信。

年末，專好在前田利家宅邸。這天天氣晴朗，兩人在宅邸庭院中的會所見面。庭院整理得井然有序。

「啊呀，專好大人，許久不見了，上次見面是北野大茶會吧。」

「前田大人也無恙，太好了。」

專好心想利家瘦了許多，而且變得蒼老，這恐怕是被秀吉旁若無人的做法所牽連，身心俱疲了吧。

與專好見面，利家不知有多高興，說了很多以前的回憶，都忘了時間。還談了茶道和插花不知幫了自己幾回，利休與專好不知帶給自己多少感動等等，他擺手加上動作，說得十分熱心，而專好也懷念起從前，聽著利家的話邊笑邊落淚。這些都是利休尚在世時的回憶，話說到最後，沉寂了下來。

（這次來不是為了話說從前的。）

專好向利家直率地問道：

「前田大人您知道太閤殿下對和六角堂有關的人做的事嗎？」

「專好大人怎麼回事？」

「被控北野大茶會時愚弄太閤殿下的姑娘都被處以磔刑。看顧六角堂的弟子十一屋吉右衛門也被殺了。」

但專好沒有說出被石田三成威脅的事。

「是這樣哪……」

聽專好說了一回，利家低下了頭，他代表武家賠罪。

「太閤殿下失去了嫡男鶴松公子，萬分悲傷。想想是五十三歲才得來的孩子哪。鶴松公子逝世時，秀吉大人聽到的是『利休的詛咒』。利休切腹後僅僅半年，自己的孩子居然就死了，他想歸咎於誰也是可以想像的，所以就將刀口朝向了和利休多少有緣的人。事情便是如此。」

「沒有道理也應有個極限！」

專好一喝。

「專好大人，太閤殿下如同蛇般難纏，一旦激起他的怒氣就很難收拾。利休大人當時也是這樣。他想支配所有，就像用武力奪取天下一般，也想以他的美征服天下哪，但利休大人卻完全不認同他的美。利休大人若能道歉，一定能獲得原諒，沒有理由一定要死。」

「利休大人說了，追求的美不同沒有問題，但太閤殿下強要人遵從自己的美就是傲慢。」

利家大大地點了點頭。

「但已沒有人可以向太閤殿下諫言了。利休大人、殿下的弟弟秀長大人，都不在了。雖須有人諫上逆耳的忠言，不過向現今的殿下進言太危險。」

專好一直盯著利家的臉，突然說道：

「前田大人，我有一事相求。能否請您安排我與太閤殿下見面？」

「什麼？」

專好突然的要求讓利家嚇了一跳。專好定定地直視利家的眼睛。利家是在無數修羅場中存活下來的鬪將，生死場中看過許多人。而現在眼前專好的眼神是狠下決心的人才有的。

「這是為什麼呢？」

利家嚴厲地回問道。

專好雖想回答是要報一箭之仇，但沒有說出來。

「現在太閤殿下不可能見您，就算您是插花的名家，也不是可以見太閤殿下的身分。」

「這我知道，一介僧侶不可能拜見太閤，但是這寃……」

「不過……」利家插話，像決定了什麼一樣將身子探向前道：「當殿下造訪前田家之際，您可否在我家引以自豪的七公尺寬大客廳板間插花呢？如此一來，您或許有機會見到殿下。如何？」

「當真可以嗎？」

專好心中一喜。

「嗯嗯。」

利家閉起眼點了頭。

「如此真是太感謝了。這是無二的好機會。謝謝您。」

「但是……」

利家低聲說道：

「專好大人，您應該明白，現在您若出現在太閤殿下面前是非常危險的。惹太閤殿下不高興，連命都不保。就算沒有惹殿下生氣，也可能會被刁難斥責。」

專好點頭。

「北野大茶會以來，太閤殿下也許認為您與利休大人是同一派，殿下對『利休的詛咒』有相當的警戒心。當天您若惹怒殿下，我也救不了您，您要有所覺悟。」

「是的，感謝您的顧慮。」

專好答道。

「如此，專好大人，交給我前田利家辦吧。下次殿下造訪或許在秋季。不到當天我是不會和太閤殿下說的。日期改日告知。」

專好離開前田利家的宅邸，四周已暗，下起了雨。步至大路上，平太已拿著雨具等在那兒了。

十六

文祿三年（一五九四年）二月，這年冬天特別寒冷，京都一片雪景。

專好在本堂插花。

插的是梅花的立花。淡淡的梅香飄散在堂中，寒風裡綻放的梅花帶來了春天漸漸接近的消息。

自年底拜訪前田邸以來，專好心中不斷糾結。

（不能再讓愛護六角堂的人受傷害了。）

他心中浮現阿季與吉右衛門的臉。

（但我怎麼也無法向秀吉低頭。）

他想起利休在道場插花的身影。利休死於秀吉的壓迫，過世已滿三年，而自己什麼錯事也沒做如何能向秀吉低頭？

（秀吉看到我的那瞬間會如何？立刻殺了我？還是找一個理由致我於死地？無論如何我是非死不可嗎……）

（若不殺了秀吉，枉死的冤魂則不散。但斬殺太閤，不只自己，阿民、豐重、櫻子都會被處刑。）

豐重在專好身邊。

豐重在十一屋吉右衛門死後好一陣子沒有插花了，不，是沒辦法插花。專好教他花是反映人心的鏡子，心可以讓花充滿生命，也可以讓花失去色彩。對豐重來說，阿季與吉右衛門相繼的死是很大的衝擊。

豐重今天是來幫專好的。

「豐重，不冷嗎？」

「我沒關係，父親您呢？」

專好邊收拾著剪落的梅枝邊說道：

「啊，不冷。」

當「真」的梅枝立好之後，專好又說：

「豐重，接下來你來插。」

「啊？接下來，在這兒？」

「是，你沒有在本堂插過花吧，我會幫你的，試試看。」

在本堂插花是豐重的夢想與憧憬。

「可以嗎？」

「當然，住持說可以就可以。」

「父親，我來試試。」

豐重轉向本尊祈求著：

「吉右衛門先生、阿季，為你們供上花。」

從這天起，每朝本堂的花就由專好與豐重兩人來插。專好仔仔細細地教著豐重，而豐重也不斷地吸收專好的技術，將其變成自己的知識。

櫻子跟在專好後面。她喜歡以大人的語調逗大人笑，又總是追著專好要他陪著玩。專好也盡可能陪著她。

專好每想起這樣的日子不長了，總是紅了眼眶。為遮掩淚光，他抱起櫻子。

（對不起櫻子，爹怎麼也無法原諒秀吉。）

「我已經不是小孩子了。」

櫻子鬧著說道。專好看著，越覺女兒可憐。

這天專好到了專武的房間。專武從年初就得了風寒，一直欸著。

「兄長，都沒法幫上您的忙，真是對不起。」

「別這樣說，早點病好，你還要練習插花呢。」

「您總愛調侃我。」

看著消瘦的專武，專好心有不忍。

「話說回來，兄長，最近發生什麼了嗎？」

專武不經意一問，專好頓時慌了起來。

「沒，沒什麼特別的事。」

「是這樣就好了。」

專武覺得近來的專好有些奇怪。專武可以敏銳地察覺人的內心，小時候專好若有什麼事隱瞞，第一個發覺的一定是他。

專好步出房間，擦了擦冷汗，想著：

（專武哪，快些好起來，我沒有時間了，需要你來幫我呀。）

十七

櫻花開了，京都瀰漫著歡喜與希望的氣氛，是專好最喜歡的時節。

今年賞花對專好來說特別不同。

因為這恐怕是在世上最後一次賞櫻了。

專好帶著家人到醍醐寺和賀茂川賞櫻。

他心想著這真是個好季節。賀茂川的堤坊上成排漂亮的櫻樹，河畔原野開滿了黃色的野花。春天和暖的風吹過水面。這個春天，豐重長高許多，已經比專好還高了。而櫻子雖還不脫稚氣，但有時也會顯露大人的表情。

專好想起每當出遠門歸途太累，櫻子總是會睡著。當她因為睏撒起脾氣，專好就會揹起她，不一會兒，耳邊就會傳來靜靜的鼾聲。

「真是不好意思呢，一直都讓您揹著。」

阿民總是道著歉。

「啊呀，別擔心，我還年輕啊。」

「呵呵呵，竟把您喊老了。」

那些輕鬆說著話的日子鮮明浮上心頭。專好覺得自己有這樣好的家人實在是福氣，也暗暗懇請家人原諒自己自作主張。

文祿三年（一五九四年）七月，前田利家的信函寄到了。太閤殿下已決定在九月二十六日蒞臨前田邸。專好關在房裡，把信讀過一回又一回。

「終於到了……。利休大人，終於到了哪。」

腦中已有了花的構想，也有了這是自己最後之作的覺悟，而插作此花之事也許會傳至後代。因為是最後的作品，所以專好想要挑戰過去沒有插立過的大砂物立花。為了充實七公尺寬的橫長空間，他已向鑄物店訂了巨大的龜甲型大砂鉢，要用此鉢插立砂物。

（一定要完成精彩的花，讓秀吉大吃一驚。）

這天夜裡，專好要豐重明天和他一起去收集花材。

「豐重，明天和我一起出門，已和你娘說過了，今天早點睡了吧。」

這是第一次帶著豐重到東山。

他們日出前離開六角堂。專好經常到京都東邊的「東山連峰」蒐集花材。

兩人順著六角小路往東走，豐重心中十分雀躍。

黑雲低低地籠罩天空，不知何時會下起雨。途中出了三條小路越過三條大橋再往東走，東山蓊鬱的森林開展於眼前。

路上，專好向豐重說了許多關於植物的事，例如羊齒的生長、銀杏因含有水分所以不易燃燒、竹根堅韌耐震等等……。為了讓豐重容易理解，專好用比喻，也參雜了許多以前母親帶著自己出門時的故事，說得十分起勁。

兩人到了東山山頂，京都一覽無遺。豐重很有精神地大聲喊道「喔—喔—娘—叔叔—櫻子—」並大大地揮著手。

專好眼眶泛淚，後悔為什麼不早些帶著豐重到山裡川邊，心痛不已。

「好，豐重，我們來吃中飯吧。」

專好將阿民準備的飯糰遞給豐重。兩人便吃了起來。

「父親，真好吃哪。」

「是啊，你娘的飯糰最美味了。」

當日頭將要西落時，兩人回到了六角小路。

專好問豐重：

「累了嗎？」

豐重答道：

「完全不會，但是……」

他說到此處，暫時沉默了一會兒，又言：

「父親，能問您一個問題嗎？」

「什麼問題？」

「您要在前田利家宅邸插迎接太閤的花是真的嗎？」

專好感到心頭一熱。

「你聽誰說的？」

「…………」

「不回答，那一定是專武。」

「是……」

專好在昨晚只和專武提起此事。

「父親，真的沒有問題嗎……您不會遭遇不測吧？」

專好知道豐重為什麼一直擦汗了。豐重也到了羞於在父親面前流淚的年紀。

專好也擦著流下的汗水與淚水。

「豐重，我會在前田邸的客廳插花。就算太閤殿下來，我也一定要去。我會把最好最美的花給太閤殿下看個仔細。」

「話雖如此，父親，這很危險。」

「豐重哪，我不會輸的。就像利休大人一樣，這是池坊專好一世一代的大勝負。生為男子這是無法逃避的。」

豐重不禁流下淚來。

「父親，您不能死哪。」

「不必擔心，我一定會活著回來的。但是不要和你娘還有櫻子說這件事，我不想讓她們擔心。這是男人之間的約定。知道嗎？」

「是。」

「豐重，我還真想再吃吃飯糰哪。」

專好想改變氣氛，所以這麼說道。

回到寺裡，阿民已準備好晚飯，都是豐重最喜歡的菜。兩人走了一天的路都餓了，專好吃了兩碗飯，而豐重則吃了三碗。阿民笑容滿面。

飯後，專好從走廊出了庭院，陰雲密佈的天空已放晴，大大的月亮高掛著。專好深深吸了口氣，走了一天也累了一天，身子感到沉重，突然想起自己已經不年輕了。

「您要不要來一杯呢？」

阿民端著小盆，盆上放著酒瓶和兩個小杯，在廊上坐了下來。她的臉看起來和平時不同有些憂心。

專好在阿民身邊坐下，阿民將酒杯倒滿，專好也為阿民倒了一杯。

「好久沒像這樣兩個人一起喝酒了，上次是什麼時候哪？」

「啊呀，是豐重三歲的時候，吃了撫子花，惹得利休大人大笑的那次呀。」

專好和利休在練習插花，豐重弄錯食物和花，錯食了撫子花。之後，阿民哄豐重睡著後，剛好練習也結束了，當她把酒食拿進屋時，因為利休勸了酒，所以便一起喝了起來。

「阿民夫人也來一杯吧。」

「啊呀，不敢不敢。」

阿民說道。

「今天豐重真是讓我笑得肚疼，這是謝禮。請您別客氣。」

阿民看了看專好，專好點了點頭。

「那麼就承您美意，託豐重的福，就此領受一杯。」

阿民說道。利休想起剛才豐重的臉，又大笑了起來。

從那以後，就沒有再喝過酒了。被一件又一件的事擄走了心思，以致專好沒有多顧慮到支持著自己的阿民。他後悔沒有多留一些時間陪她。

專好憂愁地看著阿民，阿民說道：

「怎麼滿臉愁容？」

「是嗎？」

專好硬撐著笑了笑，但他知道笑得一點也不自然。阿民深深吸了口氣，下定決心說道：

「請您照著您的意思去吧。不要有後悔。我是池坊專好的妻子，豐重和櫻子也會好好的，我真的很幸福。」

專好站了起來抬頭望月，但卻看不清，淚水落了下來。他肩頭微震，阿民站起來依著專好的背。

「對不起。」

專好向阿民說道。

「是是，池坊專好大人。」

阿民忍著淚，逗著趣說。

十八

文祿三年（一五九四年）九月二十一日。春天過去夏季也結束，不知不覺已到了九月下旬。離太閤蒞臨前田邸之日只剩五天。專好忙著最終的準備，六角堂靜靜地充滿著比平時更多的熱氣。

明天一早就要將工具和花材運到前田邸，之後也預定要宿在前田邸。

（也許沒有辦法再回到這兒了。）

專好黎明前起身，仔仔細細地打掃著本堂。

（從祖先們繼承來的花之家，我究竟是盡職了嗎？）

專好在打掃時只想著這件事。

早上的清掃結束，他面向本尊雙手合十，比平常更靜默誠心。此時，專武進來坐在專好身邊。

專武的身體近日好多了。

小時候不論到哪，都是身為兄長的專好揹著專武。他們年紀差了七歲，因為專武體形細瘦，所以看起來就像剛上了歲數的老人一樣。專好十分不捨這個病弱的弟弟。若說到插花的才能，專武具有不輸專好的才能，在觀察自然花木的能力、感受性、處理草木的技術等方面，專好有時還不及他。

想起專武，自己接下來要做的事，也許會為他招來嚴重的結果，專好覺得十分愧疚。

（看來花的準備是趕上時間了……）

這天專武在作品完成前說到前田邸的事。

「兄長，終於是五天以後了，請讓我也一起去吧。」

「不，專武你不用去。」

專好沒有看他，而將目光集中在作品上，繼續著工作。

「為什麼？我想幫您，請帶我一起去吧。」

專武堅持道。目前為止都在一起插花，所以這次也希望一起，這是專武的本意。

「你身體弱，一有什麼事就糟糕了。你若替我著想，就靜養身體，不必擔心我。」

專好非常了解專武的心情。所以和平時一樣，不，比平時還更開朗地說道。

聽到這裡專武覺得不對，「因為會有糟糕又傷腦筋的事，所以要留下靜養」，但是到今天為止還沒有聽過專好以身體狀況為理由而拒絕的事。專好一直都說自己的身體自己最清楚，所以可以自己判斷要跟不跟。

專武有不好的預感。自己跟了去會讓專好傷腦筋，此行莫非不妙？

「兄長，莫不是……」

用完中餐，專好出門去蒐集花材，帶著平時負責找花材的平太。

順著平常的路徑向東山出發，兩人沒說什麼話。

在收集完花材返回六角堂的途中，專好開口道：

「平太哪，明天你跟我到前田邸吧。我想最後和平太兩人一起完成作品。」

「是專好大人的交代我當然樂於從命，到哪兒都沒有問題。」

平太擦著汗說道。

「有可能回不來……，這也好嗎？」

專好在耳邊低聲說道。

「我已是天涯孤獨之身，沒有人在等我，我已有陪專好大人到最後一刻的覺悟。」

平太睜起圓眼微笑著說道。

「是嗎，真是對不起。」

專好小聲地道歉。

傍晚回到了六角堂，阿民像平常一樣準備了晚飯，專好稀奇地向阿民說自己準備了酒。

晚飯桌上，專武、豐重、櫻子、阿民都坐定。

「好，大家開動吧。」

豐重馬上吃了第二碗飯。專好向專武、阿民勸酒。

「您今天有些奇怪哪。」

阿民笑道。熱鬧的晚飯結束，當阿民和倆孩子回到房間，庭中傳來蟲聲，彷彿告知著秋天已至。

專好在道場對前田邸的作品做最終確認時，專武走近道：

「兄長，能和您談一談嗎？」

專武在晚飯時都沒什麼笑，而專好也注意到了。

「兄長您不會在想著什麼不好的事吧？」

專武一改平時的語氣，尖銳地問道。專好默默地繼續作業，將工具收進工具箱。花剪旁放著大斧頭，不知道的人見了會認為斧頭是插立大砂物必需的工具，不過這斧頭的大小是普通插立花時不會用到的，這個尺寸的斧頭足以奪人性命。專好蓋上工具箱的蓋子後，看向專武。

「不愧是專武，真瞞不過你。」

專好說著，從袖袋中取出一封書信，放在專武面前。

「兄長，這是什麼？」

專武問道。

「絕緣書。」

專好盡可能冷靜答道。

「我已有五日後在前田邸殺死太閤秀吉的決心。但不能給你、家人和池坊家帶來災厄，所以今天我決定與池坊斷絕關係，成為完全沒有關係的旁人。你要理解我的用意哪，專武。」

專好的眼睛不是在說笑。專武慢慢打開書信，默讀了絕緣書的內容。此時，專好轉身背向專武，打開拉門眺望六角堂。這天剛好是滿月，月娘在六角堂上空靜靜散發光輝。

「池坊由專武繼承。」

書信中如此寫道。專好考慮到阿民、豐重、櫻子或許也無法活命，因為受牽連的家族是會被斬首的。

「兄長，您在想什麼呢？這樣可怕的事，您不要去。」

專武說到這裡便激烈地咳了起來，無法站起倒了下去。但他還是拚死撐著身體，全身抖得厲害。

「專武哪，病弱長期臥床的你是池坊的包袱，我已在給前田大人的信函中如此記上。當事畢之後書信會被送出，你便能得救。哪是什麼時候呢？應該是二十歲在道場上專義師傅的課的時候吧，我說過你會成為插花的名人，需要專武之力的時候一定會到來。」

「……………」

專武無言可對。

「時候已經到了，就是現在。你要繼承池坊，將『花之道』傳於後世。本堂本尊旁邊放著從叔父繼承來的《專應口傳》。拜託了專武。池坊託付給你了。」

專好淚水盈眶，專武也當場大哭失聲。

「利休大人，事情會變成這個樣子，您都已經知道了。」

專武調整呼吸，小聲喃喃自語，再向專好說道：

「兄長的心情我非常明白，您心意已決，我也沒有辦法阻止您。我要將利休大人託付的東西交給您。」

「利休大人託付的東西！專武，你在說什麼？」

專好完全不知是怎麼回事，利休應已不在人世了哪。專武拖著身子到了本堂，從本尊旁的小桌中取出一封信，信上寫著「致專好大人」。這的確是利休的筆跡。

專武不知信中的內容，利休將此信寄給專武時附上一文說「若專好大人因為我的事有任何煩惱，請將此信交給他，若無任何異狀，則不需交託」。專武一直將信放在本堂中。

專武一個人出了本堂。專好在花前坐下，靜靜攤開書信。

「利休大人……」

專好忍著不哭出聲。他想起了利休的笑臉，那寬容具有魅力的笑臉——。

滿月的光輝照著六角堂，曳地青蔥的六角柳隨著秋風飄搖。

十九

文祿三年（一五九四年）九月二十二日。

東山的稜線在淡淡晨光中浮現，身材壯碩的平太在本堂前合掌，等著專好。

平太知道專好接下來的打算，還有自己為何被專好選上的理由。昨天他已去掃了母親的墓。

（也許再也回不來了。）

平太決定將自己的命運交給專好。從小專好就將自己當成家人，想報恩也只有現在了。

專好像平常一樣出現在寺中，如同今朝爽朗的天氣，他的表情十分舒暢，手提著工具箱。

他微笑地和送行的阿民、豐重說話，不巧櫻子還在睡，專好便道「別叫醒她」。

「那麼我走了。豐重別讓娘傷腦筋。」

專好拍了拍兒子健碩的肩膀。

豐重直視著父親的眼睛說道：

「我知道，父親。向我保證，您一定會回來。」

「您……」

阿民喚道。

專好沉默深深點了頭，看向阿民。阿民強忍著不讓淚水掉下。專好向阿民說了聲「拜託了」便與平太和六名弟子、搬行李的人一同出了山門。

穿過山門時，專好看了眼道場的方向，專武沒有出來送行。專好在心中默念著抱歉便出了門。

專武雖說因身體不適不能送行，但實際上卻非如此。他害怕看見專好會顯露自己的感情，向阿民和豐重漏說出專好這場「與秀吉的賭命之戰」。專武從房間拉門的縫隙為專好送行。

「兄長，兄長……」

他無顧忌地放聲大哭。

「啊啊，利休大人，您的信沒能阻止兄長哪。」

專武向藍天合掌怨道。

以專好為首的一行人過了中午抵達前田邸，這時前田利家外出不在府中。專好馬上與弟子們在前田邸大客廳的大書院三之間開始準備。此客廳的板間為四間寬（七點二公尺）。就連在許多武家宅邸中插過花的專好，也是第一次在這樣寬的地方插花，其規模無以匹敵。專好的目標是在三天以內完成。

隔天，專好將目前為止沒見過的龐大砂鉢搬進客廳的板間。銅製的大砂物花器是寬達六尺的特製品，弟子六人使盡全力才將這大物扛起。專好想像著完成之後的作品大小，指示花器擺放的位置。

「好，就放在這裡。」

為了不弄髒榻榻米，客廳中鋪上了新的墊子和毯子，墊毯上放著幾天前從東山收集到的草木。大松枝、龍柏、柾木、野春菊、鳴子百合、杜鵑、羊齒草等花木皆已齊備。

最初先立上松枝。這重要的一枝稱為「真」，古稱「心」，憑此一枝便能決定作品的好壞。

鋸下的枝條在普通人看來只是尺寸巨大，但專好將其中選出的一枝高舉遮天，精簡去不要的小枝，非常精彩地呈現出枝條的美麗姿態。好似魔法一般，在雜然中交織出美妙。

既是這樣規模的花，一兩人是無法完成的。為了讓專好看清楚枝條，弟子四人合力將第一枝松抬起。松枝長達十六尺，最粗的枝幹直徑約一尺半，十分巨大。專好指示弟子們轉著松枝，觀察各種角度，這是為了找到一個從正面看可以呈現出松枝最佳姿態的插作程序。若是平常的大小，專好可以自己拿著觀察，但這次這樣大的枝幹，一個人到底沒有辦法。弟子們汗流浹背抬轉著松枝。

「再右邊一點，枝梢再往上一些，再往上。不對，反過來試試。再高一點。根部再低些。」

當松枝調到一個位置時，專好叫道：

「好，就是這個位置，開始固定吧。」

弟子們取出大型工具，首先製作好支撐松枝的基座，接著將插固在花器中的「幹足」削尖，並以釘子和鍋釘固定。

十六尺長的松枝，枝梢上松葉茂盛。松青因長年不絕，自古日本人就相信神靈會降臨在松樹上，故十分重視，也將各種心思與冀望託付在松枝上插立成花。

固定最大的松枝便整整花了一天。這天的作業就先進行到此，剩下的接著明天二十四日繼續完成。到了隔天一早便開始著手第二枝松。處理大的松枝雖然需要特別的技術，但弟子們都是從前代專榮時代就跟著的徒弟，所以能順利完成。松枝完成後，就要加上季節的花卉，也準備了紫色的燕子花。秋天的燕子花彎度雖大，但姿態很有味道。

專好憶起初次見到利休時的清洲城立花，也有松枝與青嫩含勁的紫色菖蒲，並且獲得信長大人的誇讚——。專好在燕子花中見到了歲月的流逝與自己的成長。

（那時被利休大人看穿了我心中所想。）

專好僵硬的表情中浮出一絲微笑。

看見師傅的笑容，平太與弟子們感到高興，氣力也恢復起來。

「專好大人什麼事這樣高興？」

平常不太說話的平太向專好問道。

「我到今天為止雖插了很多花，最後的花竟也是這樣的搭配，都是命運哪。」

專好再次收起表情說道。

終於迎來最終日。作品最後只要加上小花就完成了。專好集合弟子們道：

「謝謝大家追隨我到了這裡，這次到這裡就行了，整理一下不要的工具，你們回六角堂吧。運用所學為師授徒，還有如果可以的話，希望你們也看顧專武和豐重。」

弟子們目前為止並沒有聽聞到什麼，也不過問，但卻隱約注意到專好似乎帶著什麼決心來負責前田邸的花。他們都想著這莫不是師傅最後的花，而跟著專好插花到了這裡。弟子中數一數二的豬飼三左衛門來到專好面前。

「專好師傅，我們不能幫您到最後嗎？請讓我們幫到最後吧。」

豬飼的眼中落下大滴的眼淚，在場其他弟子的心情也相同。他們知道師傅想做的事攸關性命。正因如此才想和專好一起留到最後。

「三左衛門哪，謝謝你。但你們有傳承池坊立花的使命，不能和我一起留下。若你們為我著想，就回到六角堂吧。」

專好和平常一樣，用溫柔的語氣指示著弟子們。弟子們只好收拾行李，離開前田邸。

在府邸正門，三左衛門回頭喃喃說道：

「師傅，請您一定要平安哪。」

「平太，我們來完成吧。」

專好下定決心般說道，便著手最後的程序。

在花器口加上多彩的花葉。插立立花時，底部的收拾與「真」同樣重要，若底部處理不當，不論「真」多麼漂亮，整個作品也要大打折扣。所以專好特別慎重注意這個部分。

開始作業已經過了十個小時以上了。

日落後，庭中燃起篝火，勉強可以獲得一些光線。因為專好希望到明天早上為止有更多時間插花，所以向前田家提出燃火的請求。

在專好與平太趕工之際，前田利家來到了大客廳。

「專好大人，真為難您工作到這樣晚。啊呀，真是精彩，我從沒看過這樣的客廳裝飾之花，真不愧是專好大人。恐怕就連太閤殿下也要大吃一驚哪。」

利家十分滿足地站在作品前。怕是沒有比這砂物更適合插在引以自豪的大客廳板間上了。而利家自己本身也曾喜好誇張華麗，所以看著此花不禁熱血沸騰起來。不過他有一點十分在意，那就是專好說想見秀吉時的「決意的眼神」。

「前田大人，這次感謝您讓我擔此大任，能讓太閤殿下觀賞我的花，委實光榮至極。」

專好淡淡地向利家說道。

「話說回來，專好大人，您的弟子們到哪兒去了？是怎麼了嗎？」

利家在試探專好。

「剛才讓他們都回去了，我已將他們逐出師門。」

「逐出師門，這是為了什麼？」

「那些人竟批評為師我的花，這可是要讓太閤殿下觀賞的特別之花，我無法忍受他們挑刺的言語，所以便將他們逐出師門。這都是我門中的內話，請您忘了吧。」

（他是存心尋死嗎……所以才逐弟子出師門……）

利家知道專好已有了覺悟。

「那麼大人，我們還有最後的工作要做，您請吧。」

專好說道，便回頭望花，表情嚴肅，從桶中拿起了野春菊。

利家雖沒有對任何人說起自己是否悲傷，但到現在他還是覺得利休死得冤屈。為何利休一定非死不可？利家感到專好要承起利休以死守護的「美的世界」。然而以當今太閤秀吉為對手，誰可以報得了仇呢？

太閤將一切收之於我，獨裁越發加劇，已無人能向太閤諫言。但這位天才般的花人拋棄所有的名譽地位，也要報利休的仇。

利休與專好，這兩位天才改變了自己征戰度日的人生，但對專好的企圖，是應該阻止？還是睜一隻眼閉一隻眼呢？利家迷惑了。

專好發覺利家的迷惑，拿起過季卻綻放的野春菊，剪去葉片後，手便停了下來。他將野春菊遞給了利家。

「前田大人，從前順德上皇敗於承久之變而被流放佐渡，據說他只要看到這花便可忘了都城，所以這花也被叫做忘都花。但是我看了這花也忘不了懷念的時光。我不會給您添麻煩的，請您通融閉隻眼吧。同樣身為追求美的人是絕對無法原諒太閤殿下的所作所為的。」

利家知道利休在茶會上喜歡用野春菊，看著這一朵可愛的野春菊，心中湧現了利休冤屈之死的感嘆。

專好邊整理另一朵野春菊的葉子，邊在利家耳邊小聲說道：

「我是僧人，不喜血腥。所以您的通融並不會被責備。請您安心。」

此人竟能讀出自己的內心。利家憶起北野大茶會，那時親眼見到時代轉動的瞬間，那瞬間述說著戰世的終結。

利休的茶和專好的立花，都有著欲集各道於大成者共有的心性，那就是為此道賭上性命。此時的專好將要迎接對利休的友情與自身花之道的集大成之時。

「我知道了，專好大人。之後的事交給我。您放心做吧。」

利家轉身告訴家臣：

「聽好了，不可阻擾專好大人，這是我前田利家的命令。」

此二人改變了自己的人生，利家覺得這是對他們的報恩，也是現在自己應該完成的角色。

茶之道、花之道，不論是太閤秀吉還是任何人，都不可以用腳踏汙這精彩之美的草創期，道之行進亦不會因權力而裹足。利家想著，若自己在此道的草創之期有所盡力，也會被後世所敬吧。

「不勝感激，前田大人。這是我池坊專好一世一代的大戰哪。」

專好溫柔地笑了。

二十

文祿三年（一五九四年）九月二十六日。天空密布著陰雲，東山的上空不時聽到低沉的雷聲，好似龍將翻雲而下。

家臣們打開了前田邸正門，木頭與金屬摩擦地面發出嘰嘰聲。

「豐臣秀吉太閤殿下駕到。」

此刻一瞬間，邸內瀰漫著緊張的氣氛。

秀吉穿著紅色繡金的外衣，闊步進了前田邸。

「歡迎您蒞臨，請入內。」

前田利家在玄關迎接。

「好久沒來啦，辛苦了。」

秀吉的心情非常不錯。

秀吉進入宅邸的同時，屋外開始下起了大雨。他在邸中到處看看便進了走廊。

「真是不錯的宅子。」

他跳著一般進了裏邊的大客廳。

（終於……專好大人。）

利家雖是身經百戰的強者，但也不免心跳加速。

秀吉站在大客廳前，大雨夾雜著冰雹，激烈的雷鳴劃破東邊的天空。

「太閤殿下駕到。」

入口的拉門開啟，秀吉進入客廳。

大客廳裡，一座巨大的花，像是要迷惑觀者的遠近感一般，靜靜地鎮座在深處。

「喔喔！」

秀吉睜圓了雙眼，站著不動。

「這麼巨大！」

蓊鬱的長青之松耐著風雪，堂堂地展現著彎曲之姿。秀吉為這巨大的尺寸所震撼，久久不能言語。長達三間寬的松枝，蒼勁精彩，給人超越了數百年的時光在此栩栩而生的錯覺。

「這這……這是極好的花哪。」

秀吉慢慢走向前，而利家懷著自豪的心情走在秀吉身旁。

（專好大人，太好了，太閤殿下誇讚哪。）

秀吉與利家一步步接近花，走了約五、六步。越接近越被此花的巨大所震攝，仔細一看，花的後方掛著四幅掛軸。

「？」

秀吉看了看利家道：

「這是什麼掛軸？」

他瞇起眼再走近五步，想看個清楚，頓時停了下來。

「啊！」

利家露聲叫了出來。

掛軸描繪的是在枝頭嬉戲的猴子，四幅掛軸上共繪有二十隻猴子，配上掛軸前的花，猴子們看起來竟像在枝頭或跳或吊，這些枝幹的位置都是經過計算的。

昨夜卻沒有看到這些掛軸。

（專好大人，您您……做了什麼哪？）

利家心中暗暗叫道。

「這是什麼……」

秀吉的臉越發脹紅。太陽穴上浮出好像要脹破的血管。現在沒有人敢叫秀吉「猴子」，若有人用了「猴子」二字，即便立刻被斬首也毫不奇怪。

「這些猴子是什麼！啊是什麼！利家！」

秀吉瞪視著利家道：

「居然是猴子！切腹，令插此花者切腹！」

利家無法回話，兩旁的兩家家臣聞言也蠢動起來，已經有人憤而立起膝頭。

秀吉弓著背，肩頭因怒氣而發顫。

他邊往前走邊從松枝慢慢往下看。對照著蒼勁的松，中段的部分有幾朵燕子花，曲線柔軟的莖枝上綻放著凜然美麗的紫色花朵。綠與紫的對照著實美妙。

秀吉雖氣得發抖，但卻被綠松與紫花的搭配吸引住。

（這感覺是？）

張著憤怒的表情，秀吉慢慢靠近花朵，

「松配上紫花……松配紫……」

他細細地喃喃言道。

（好像在哪兒曾經見過……）

秀吉像是想起了什麼頓時站住不動，

「這花莫不是……」

秀吉手中的扇子掉落地上，膝頭一軟跪了下來，就這樣慢慢爬向花。

他眼中落下一行淚，接著大聲嚎哭起來。

不斷落下的冰雹敲響屋頂，大客廳中迴盪著秀吉的哭聲。他為何放聲大哭，周圍的人皆不解其因，只有利家明白秀吉落淚的原由。

秀吉也不擦落下的淚，逕自哭了一會兒，之後才調整呼吸，向利家問道：

「利家哪，插此花者是插清洲城之花的人嗎？」

利家用右手的拇指擦去落下的淚後回道：

「是的，是池坊專好。就是那天在清洲城被信長大人稱讚為天才的池坊專好。」

「北野大茶會的池坊專好就是插清洲城之花的人嗎……」

秀吉再次嗚咽，他眼中映出信長生前的身影與花重疊。

「信長大人，是猴子，猴子哪。」

他跪爬到花前不斷喃喃言道：

「猴子在這兒哪。」

原本殺氣騰騰的兩家家臣，因無處發散，氣勢一弱，便又坐了下來。

實際上昨天夜裡，利家到大客廳時還沒有一朵燕子花，看來是今早迅速插上的。這花彷彿就是專好在清洲城插的立花。

秀吉與利家當時就在清洲城。那日信長在專好離開之後，於大客廳聚集了主要的家臣並向他們言道：

「諸位聽好了，看這花是如此美麗，我從未見過這樣豪勢又纖細精彩的花，著實令人感動。有一天我定會獲得天下，終結戰亂之世。屆時想再請出這位天才池坊。離那日僅差一步，要仰賴諸位了。」

秀吉與利家雖坐在最後一排但有幸聽到信長的話，對年輕的兩人來說是無限的鼓舞。他們想著「要助信長大人獲取天下，不論做什麼都行，就算賭上這條命」。

「諸位，再靠近些，看看這精彩的花。」

信長說道，並命家臣們上前。秀吉在遠遠的後方，對農民出身的他來說，僭越進到客廳的裏處是充滿躊躇的。信長注意到秀吉的猶豫便走向他道：

「猴子，不必顧慮，仔細看，盡心學習茶與花，別被周圍看輕了。聽好了猴子，擅長打仗沒有什麼好得意的，勝負是時來之運，但茶與花不同，茶與花就是那人自己，不磨練內心，也成就不了茶與花。猴子，聽懂了吧，磨礪自身的價值，如此就算打了敗仗，做人也不會輸。」

秀吉紅著臉點了頭。

離開之前，信長又說道：

「猴子，要成為重視茶、花與人心的武將。」

秀吉看到這砂物立花聯想到松與菖蒲的清洲城之花，所以便想起了信長的話。

「信長大人……」

利家靜靜站在秀吉身旁。

來。

（這就是池坊專好大人賭命為利休大人報的仇。）

不知利家心中的聲音是否傳到秀吉心裡，秀吉一下失了力氣，當場蹲坐下來。

因為憧憬信長，就算被人嫌棄是猴子或小老百姓，秀吉也比人多一倍的努力，找出屬於自己的美，並且為了不被人輕視，所以更加拼命追究著美的境界。

然而，利休卻不認同他相信的美。

（我也許是想讓利休誇讚也說不定，但卻一意孤行。利休。）

秀吉停止哭泣，慢慢地抬頭望花，並以誰都聽不見的聲音喃喃說道：

「池坊專好嗎？真是個有心的花人，利休哪，你交到了一位良友。」

秀吉突然回頭，高舉兩手，大聲說道：

「利家呀，我好久沒有如同今天這般，好像挨了信長大人一頓罵啦。」

利家沒有回話，只是點了頭。

「這場花戰，是我輸了。向專好這樣轉達吧。」

接著，秀吉轉向花，他默默地望著花，用誰也聽不見的聲音喃喃說道：

「利休……原諒我，利休……」

前田邸的茶室是利休設計的四疊茶室，到處都有著利休追求的美感。專好就在茶室裡，到剛才還敲打著屋頂的冰雹也停了。

專好在壁龕中放上利休喜歡的竹花器，並插上一枝燕子花。這是從前在細川忠興的茶會也插過的花，是和大客廳之花正好相反的茶室之花，與豪華絢爛的立花相對照的樸素投入花。

專好帶著一個小包。打開小包取出了黑樂茶碗。這是宗恩交給專好的利休遺物。

將發著黑光的茶碗放在疊上，專好從袖中取出利休的書信。

信上的日期是切腹的前一天，寫於利休在京都的宅邸。寫這封書信時，利休無疑對死亡已有了覺悟。

信中開頭就突然繪著猴子的畫，猴子表情好似有些悲傷。這猴子腰間掛著一隻葫蘆，或許猴子便是秀吉。從秀吉悲傷的表情可以推測，利休感傷於度過關係最好的時期之後秀吉與自己的命運，他在此同時或許也想著，秀吉一定也和自己有著相同的心情。

這也許是專好不會知道的陰鬱憂悶之心吧。

猴子畫的下面只寫了一行字。

「茶之戰　花之戰　吾以茶人而生　君以花人而活」

這句話是說，如同利休至終都是茶人一般，花人需以花人之姿活到最後。也有不帶刀、以花而戰的意思。

「利休大人，您看到了嗎？我的花之戰。」

雲縫中射出一道光芒照耀著京都。柔和的陽光穿過拉門照了進來，黑樂茶碗一瞬間發出了光。這光有如利休溫暖的笑容。

今後的時代劇烈轉變，但卻不誇耀武力，而是追求真正心靈豐足的時代──。

後記 一

國立臺灣大學法律系教授　劉宗榮

這是一本書，一本關於花道打敗豐臣秀吉故事的書，也是關於花道賦予花生命、追求自然與簡樸、帶給人類溫暖與希望的哲學史詩。

花道是什麼？為什麼豐臣秀吉對花道的欣賞、具有武士的忠誠與服從的品格等優點，在他與花道的戰役中，反而成為他的「致命死穴」？

花道

花道與一般的插花不同，一般的插花只是到市場購買幾枝鮮艷的花或到庭院摘取幾朵美麗的花，插在花瓶，成為廳堂的裝飾而已。花道則是透過插花的過程及作品，將花的特徵和自然本質表現出來。插花者的目的在賦予花生命，簡樸與自然的生命，花道帶給人愉悅與希望，人們並從中攝取生存的力量。

池坊專好的花道，可以分析為六道程序：

（一）觀察

觀察是體察自然的第一步。花道與畫畫一樣，都以觀察為初階。徐悲鴻畫馬，須先觀察馬匹的奔騰；齊白石繪蝦，須先觀察蝦子的游泳；馬壽華寫竹，須先觀看竹子的勁節。花道的第一步，也是「觀察」，池坊專好的母親給他上的第一課不就是「以自然的方式告訴專好，植物有趣的地方以及如何去觀察」嗎？

（二）取材

插花的取材，首先必須決定花的種類與意涵。櫻花代表生命，菊花代表高潔，百合代表祝福，玫瑰代表愛情，松枝隱藏著力道，菖蒲的日文發音與「勝負」的日文發音相同，葉片也象徵著刀，意在祝賀武運昌隆。不同的花朵，不同的枝葉，代表著不同的意涵，插花的目的不同，挑選的種類當然也不同。

花是生物的一種，有含苞、怒放與枯萎等不同的生命過程。不同的生命過程，也代表著不同的意涵，「枝上膨鼓的花蕾帶著滿滿的希望」、「滿開的花剩下的只有凋謝」，而「結了果實則代表終結」。但果實也象徵著孕育下一代，開啓新生命。

池坊專好的花道，一如利休的茶道，都在追求自然與樸素，因此取材佈景，也以樸素為尚。當利休的茶室變得更狹小，茶具變得更加簡樸，茶碗「用質地如土般粗獷的黑樂茶碗」，他的茶道也「越來越樸素沉靜，進化到一個誰都無法追隨的境界」。花道的取材，也力求簡樸，從簡樸中突顯生命，昇華生命。

簡易的花材可以從花店購得，靈秀獨特的花材則必須具有敏銳的觀察力才能獲得。利休稱讚池坊專好：「常人一見不過是雜然茂密的草木，他卻能從中編織出美麗，這種美，是生命的美、個性的美，不是無中造有，而是從有中生有」。

不但對花材要有觀察力，而且要記住花材的所在。在豐臣秀吉所舉辦的大茶會上，池坊專好應邀臨時插花，花材何處尋?池坊專好「知道那裡有那種花，甚至還曉得其中哪根枝條適合取用，因為他已鍛鍊出可以時時找出好枝條的眼力」，也因此，他可以立即向收集花材的人說出取材的處所。

（三）慎始

插花是賦予花生命的工作，必須以「虔敬之心」對待花、器，必須「沒有虛榮，以無欲無心的狀態與花相對」，才能使插花的技藝飛躍成長。池坊專好在插花之前，照例都會對花器行禮，深深吸一口氣，才拿起花枝，開始插花。只有以慎始敬謹之心插花，自己的心靈才能夠與花契合。

（四）裁剪

裁剪可以帶出枝葉本來之美。池坊專好認為：「將多餘減到一個極致，才能看到真切」。裁剪枝葉，貴在明快，必須「毫不猶豫地將不要的枝條剪下，一旦剪下就無法還原」，所以要好好判斷是否該剪，將不必要之物，省到極限，追求閑寂簡樸。

裁剪的目的在釋放花枝的生命，「從原野中採摘下來的自然檜扇，經裁剪後，開始閃爍出其中潛藏的生命光輝」、「世上沒有無用的枝葉花草，真正的美其實是隱藏在深處的，裁剪枝葉可帶出草木本來的美感」。

（五）插置

插置是將剪裁過的花木，以協調的佈局，安插或置入花器中，從而賦予花生命的行為。花的插置，最重協調，「一開始只是放在桶裏的植物，在一瓶之上互相協調，竟散發出栩栩的生命感。一枝枝花從瓶中心向左右延伸，給人安定中又有不安定的感覺，力道的配置十分絕妙。各枝映襯，呈現出獨特的空間之美」、「翠綠的長青之松刻畫著悠久的時光躍動，枝梢伸向天際。盛開的菖蒲與松相對，謳歌轉瞬間的生命。還有彷彿停在松枝上的鷹」。插置是插花流程的樞紐，是花道的核心。

（六）敬花

插花既然是花枝自然生命的延續與發揮，插花者對於已經吹進生命的花，必然萌生一定的尊敬，待花如待人，池坊專好在插花之後，照例都會對所插的花一鞠躬，正如同豐臣秀吉在喝茶之後，也會向茶碗行鞠躬禮一樣，對花與對茶的虔敬，就是對自然的虔敬，而自然是奮鬥力量的源泉。

花道、茶道與豐臣秀吉之戰

豐臣秀吉一統江山後，權傾天下，但也變得驕橫狹隘，一意孤行，甚至偏聽誤信，濫殺無辜。但是他終究被打敗了，打敗了他的不是斧鉞刀槍，不是武林高手，打敗他的正是花道，天下第一的花道，池坊專好的花道。斧鉞刀槍只能死傷人的肉體，花道卻可以直折人心。豐臣秀吉看到池坊專好為利休而插的花作中添加了燕子花時，「膝頭一軟跪了下來」，爬到立花前，俯首稱輸，這一幕有點像赤壁之戰，周郎「羽扇綸巾，談笑間，強擄灰飛煙滅」，只是三國的周郎，形態安詳，實則殺伐，怎比得池坊專好的花戰，用的是花道，靠的是自然與簡樸。

戰爭從來就有勝敗，勝者固然有戰勝之道，敗者也有戰敗的原因。池坊專好的花道之所以能夠打敗豐臣秀吉，主要原因固然是池坊專好所插的立花，為豐臣秀吉所喜愛，所懸掛的立軸，勾起了豐臣秀吉舊時在織田信長轄下的回憶。豐臣秀吉生長在花道之國，耳濡目染，必然喜愛花道，加上武士出身，篤信「忠誠」、「勇敢」、「服從」，對於其長官織田信長的訓斥與教導，自當歷歷在目，記掛於心。但是事情常有正反兩面，優點之所在，缺點亦隨之。「花道的欣賞與武士道的精神」是豐臣秀吉致勝的優點，也是他的「致命死穴」。都說「柔可克剛」，未必是柔的力量大，剛的力量小，而是「剛」本身存在著有被「柔」征服的缺點。荷馬史詩中，希臘第一勇士阿基里斯，刀槍不入，諸神難侵，獨獨「後腳跟」因為沒有浸過神水，是他的「致命死穴」，當阿波羅朝其「後腳跟」施放冷箭時，阿基里斯即應箭身亡。豐臣秀吉固一世之雄也，但是也有他的「致命死穴」，什麼人知道豐臣秀吉的「致命死穴」呢?就是天下第一茶人利休!也就是長年追隨豐臣秀吉，擔任「茶頭」的利休。

利休深知，以豐臣秀吉對花道的欣賞，必然愛惜「池坊專好這個人才」，以豐臣秀吉的武士道精神，必然會遵從織田信長的訓斥與教導，而且具有適時認輸的勇氣。利休為了捍衛茶道簡樸之美，拒絕向豐臣秀吉道歉，但基於長官僚屬之義，也不便起而反抗，最後只得選擇自殺，但利休深知以池坊專好的義氣，可能會為他報仇，所以事先在六角堂留下給專好的信函，信紙上繪有猴子，寫上「茶之戰，花之戰，吾以茶人而生，君以花人而活」的文句，表面上是要「如同利休至終都是茶人一般，花人需以花人之姿活到最後」，骨子裏卻暗示著「不帶刀、以花而戰」。池坊專好為了報仇，原本特意暗中準備了大斧頭，要「風蕭蕭兮，易水寒，壯士一去兮，不復還」的，但是讀了利休給他的信，立刻會意，毅然以花道出戰。果然，一如利休的預料，當豐臣秀吉看到四幅繪有猴子在嬉戲的掛軸（猴子是織田信長對豐臣秀吉的暱稱），還有掛軸前面「蓊鬱的長青之松耐著風雪，堂堂地展現著彎曲之姿。松枝蒼勁精彩，給人超越了數百年的時光在此栩栩而生的錯覺」的立花時，震撼之餘，腦海所浮現的是織田信長的身影以及教導：「這花是如此美麗，著實令人感動，有一天我定會獲得天下，終結戰亂之世。屆時想再請出這位天才池坊」、「擅長打仗沒有什麼好得意的，勝負是時來之運，但茶與花不同，茶與花就是那人自己，不磨練內心，也成就不了茶與花」、「要成為重視茶、花與人心的武將」，織田信長的每一句話，都扣動豐臣秀吉的心弦，直擊豐臣秀吉的心坎，最終他自己承認「這場花戰，是我輸了。向專好這樣表達吧」，完結。

這場花道與豐臣秀吉之戰，表面上是花道戰勝了豐臣秀吉，實際上是出於利休臨死的獻策，加上池坊專好果斷地以花道出擊，二者缺一不可，但權衡輕重，仍以池坊專好決計以花道出戰，較為不易。老子的『道德經』說：「天下柔弱莫過於水，而攻堅強者莫之能勝。其無以易之。弱之勝強，柔之勝剛，天下莫不知，莫能行」，其中「弱之勝強，柔之勝剛，天下莫不知，莫能行」最為重要，弱者可以打敗強者，柔者可以戰勝剛者，這個道理大家都明白，但是最可貴的是「行」，是敢將「以柔剋剛，以弱勝強」的道理，乾坤一擲，付諸實行，從『道德經』的觀點，花道之戰勝豐臣秀吉，池坊專好的功勞遠勝於利休。

感悟

閱讀本書，有以下的感悟：

（一）花道的插花，賦予花生命，自然、簡樸的生命插花，賦予花生命，正如書中所述：「任何草木皆發出生命之光。甚至連枯去或生命即將結束的草木也是如此。正因生命將盡，為了如實燃燒生命，草木才更激烈地發出光輝」、「經由人的手被移到花瓶這不一樣的世界後，檜扇凜然而立，彷彿成了一個有著特別生命而無法被取代的人一般」。

（二）插花的目的不只是觀賞，而是在帶給人美麗、希望與勇氣觀賞一瓶花，目的並非只在於賞美，還有更深的一層含意，如書中說到：「人們感動的不僅是花的美麗，更在無常的生命中，找到了花朵帶來的明日希望」、「六角堂的花背負著人們祈求的願望而進化。花不單供奉於佛前，也與明天的希望合而為一」、「草木一旦落根就無法移動，無論雨淋風吹絲毫不動，只能拼命生長，草木鼓起勁伸展枝梢，想要活下去。這姿態讓人感動，也帶給我們勇氣」。

（三）花道者對於美有一定的信仰與堅持

花道者，不但信仰自然與樸素之美，而且對於美有所堅持，甚至達到「不為勢劫，不為利誘」的程度。利休面對著其長官豐臣秀吉的質問：「回話啊利休，我的黃金茶室和你的草庵茶室，那個美？說！」，只是沉默。繼而對他人只說：「我什麼也沒有做，卻要道歉，這不是於理不通嗎？」、「揮舞著權力，什麼都用權力壓制，我怎麼也無法認同這樣的秀吉大人」、「我雖殞命，但我的美決不會消失，永遠不會」。從雲淡風輕，到橫眉冷對，寧願自殺，也絕不屈服。他堅持自然樸素之美，斥責了秀吉的傲慢。關於對美的堅持，池坊專好與利休的立場是相同的，聽到利休被逼自殺的消息，池坊專好「感到無法言喻的憤怒與不合理」之餘，發出「利休大人您不是一個人，我也在，我也與您並肩而戰」的吼聲！

（四）花道與茶道相通，都在追求自然質樸之道花道與茶道，都在追求自然簡樸之道，追求「將事物削減至極限」，使得「時間與空間都得以更加研磨澄澈」。天下第一的花道與天下第一的茶道，互相輝映，激蕩出自然與哲學之美的火花。「茶道與花的世界雖然不同，但可以一同言歡談論美」。

（五）堅持自己的美，尊重他人的美，也體現人道主義的美

池坊專好的花道，一如利休的茶道，都堅持自己的美，但也尊重他人對美的堅持。利休說：「我認為我與秀吉大人追求的是不同的美，這也是可以的，畢竟人皆不同。但是，秀吉大人卻傲慢地強迫人遵從他的『美』，全然否定了我」。花道與茶道都涉及到美，而人對美的認知有時是主觀的，彼此要互相尊重，

才能協和。

花道對自然的愛好，也孕育著插花者的人道主義，這種人道主義是對生命的普遍關懷。人道主義者，對認識的與不認識的，都有相同的愛。還記得池坊專好急人所急，星夜提箱救人的故事嗎？吉右衛門為了滿足其病危女兒的願望，衝入六角堂求借插花，池坊專好得悉原委後，立即提著花，「鞋子只穿了一隻」，急急忙忙奔到病孩的床前，為她插花，希望透過自己的花，帶給病孩活下去的力量，還親切地對病童說：「阿初，這紅花是你，白花是爹，快點康復，再和爹到六角堂來哦」。池坊專好的目標是「時時正視生命，帶出花木生命的最大限度，插出帶人『活下去的力量』的花」。

人道主義不止是對自己的親友存在，對仇人無辜的幼小也同樣存在。面對著豐臣秀吉的濫殺無辜，池坊專好對他恨之入骨，但在聽聞豐臣秀吉的兒子病亡時，池坊專好的反應，不是竊喜，而是「不論秀吉如何，一個幼小的生命消失，也讓他感到悲傷唏噓，這天就以憑弔之意插了花」。

真正的力量是溫和的。花道代表生命、彰顯自然與簡樸，是溫和的力量。柔可以克剛，花可以勝劍，事物經常有正反兩面，致勝之道，只有「行之」而已。

後記二

國立臺灣大學法律學院博士生　謝長江

在我個人造訪日本旅遊十一次的機會裡，有六次是奉獻給了京都。如舒國治先生曾說過的，京都就像是個大公園，而我就在其中遍布的大小寺院神社之中徜徉著。京都數不盡的廳堂院舍，在四季之中給人不同的感受，所以不要問我為何去那麼多次了，京都會告訴您的。

日本的寺院有一個特點，就是不時會有小小的展覽，有時是藏物，有時是花道（日文漢字為「華道」）作品的展示。記得有次在大原三千院看到花道展，當時只覺得和以往所見的插花相當不同，花木經由精心配置而顯出流線的美與自然的勁道，和日式庭園造景可說是融為一體。後來有機會參訪日本花道的創始流派——池坊在台支部的教室和作品展，更見識了池坊的創作者們，如何在長時間的創作過程之中，呈現人與自然共存共生的境界和美感。

『花戰』是關於池坊第三十一世家元・池坊專好（初代）的歷史小說。日本的戲劇和大眾文學，經常帶領讀者和觀眾從不同的人物視角，重新造訪一個時代，產生新的體會。『花戰』的背景橫跨織田信長到豐臣秀吉的時代，主角除了專好之外，還有著名的「茶聖」千利休。『花戰』深刻描繪了專好和千利休在歷史上的交會，以及在信長和秀吉二位大名的統治下，二人分別代表的花道和茶道，在當時的政治和社會之中扮演的角色。有趣的是，花道和茶道都和禪宗思想相通，而專好是京都頂法寺（六角堂）的住持。我們在『花戰』中也可以看到，僧侶在那個時代，和庶民社會和政治生活如何有著緊密的聯繫。專好透過花道所展現的美麗與力量，和千利休、秀吉以及眾生的對話，應該是『花戰』的故事中最值得欣賞之處。

對我來說，有機會閱讀『花戰』不但加深了我對日本歷史和文化的認識，生活和旅遊也增添許多值得欣賞和發現的美好。很高興能在此向大家推薦這本精彩的小說。

參考文獻

『茶道聚錦〈三〉千利休』村井康彥責任編集（小學館）
『花人列伝』講談社編（講談社）
『いけばな　その歴史と芸術』伊藤敏子（教育社歴史新書）
『池坊歴代家元花伝』池坊專永總編集（講談社）
『歴代家元譜―華・歌・仏―図録・いけばなの流れ―』華道家元池坊總務所中央研究所編（日本華道社）
『いけばな美術全集　いけばなの成立』（集英社）
『図説日本合戦武具事典』笹間良彥（柏書房）

『数寄——茶の湯の周辺』多田侑史（角川選書）

『京都時代MAP　安土桃山編』新創社編（光村推古書院）

『利休に帰れ―いま茶の心を問う』立花大亀（里文出版）

『一個人』二〇一〇年八月號（KK Bestsellers）

『ペンブックス8 もっと知りたい戦国武将。』Pen編集部（CCC Media House）

『ペンブックス6 千利休の功罪。』Pen編集部（CCC Media House）

本書依據角川書店於二〇一一年十二月刊行之單行本所編成的文庫版本進行編譯。

協力：德持拓也（華道家元池坊總務所）

小說系列 - 02

花戰
花戦さ

編著	鬼塚忠 Onitsuka Tadashi
譯者	詹湘茹
排版設計	想閱文化有限公司
總編輯	陳郁屏
發行人	陳郁屏
出版發行	想閱文化有限公司 屏東市 900 復興路 1 號 3 樓 電話：(08)732 9090 Email： cravingread@gmail.com
總經銷	大和書報圖書股份有限公司 新北市 242 新莊區五工五路 2 號 電話：(02)8990 2588 傳真：(02)2299 7900
初版二刷	2021 年 01 月
定價	380 元
ISBN	978-986-97784-4-2

國家圖書館出版品預行編目 (CIP) 資料

花戰 = はないくさ / 鬼塚忠編著 ; 詹湘茹譯 . -- 初版 . --
屏東市 : 想閱文化有限公司 , 2020.12
面 ;　公分 . -- (小說系列 ; 2)
譯自 : 花戦さ
ISBN 978-986-97784-4-2(平裝)

861.57　　109020468